中国古典名著精华

东 坡 词

〔宋〕苏轼 著

刘枫 主编

黄河出版传媒集团
阳 光 出 版 社

图书在版编目（CIP）数据

东坡词 / 刘枫主编 .—— 银川：阳光
出版社，2016.8（2022.05重印）
（中国古典名著精华）
ISBN 978-7-5525-2905-0

Ⅰ.①东… Ⅱ.①刘… Ⅲ.①宋词－选集
Ⅳ.① I222.844

中国版本图书馆 CIP 数据核字 (2016) 第 210360 号

中国古典名著精华　东坡词　　　　　〔宋〕苏轼 著　刘枫 主编

责任编辑　陈建琼
封面设计　瑞知堂文化
责任印制　岳建宁

黄河出版传媒集团
阳　光　出　版　社　出版发行

地　　　址　宁夏银川市北京东路139号出版大厦 （750001）
网　　　址　http://www.ygchbs.com
网上书店　http://shop129132959.taobao.com
电子信箱　yangguangchubanshe@163.com
邮购电话　0951-5047283
经　　　销　全国新华书店
印刷装订　天津兴湘印务有限公司
印刷委托书号　（宁）0020185

开　　　本　710 mm × 1000 mm　1/16
印　　　张　12.5
字　　　数　150千字
版　　　次　2016年11月第1版
印　　　次　2022年5月第2次印刷
书　　　号　ISBN 978-7-5525-2905-0
定　　　价　32.00元

目　　录

中国古典名著精华

东坡词

中国古典名著精华

定风波

三月七日,沙湖道中遇雨。雨具先去,同行皆狼狈,余独不觉。已而遂晴,故作此词。

莫听穿林打叶声,
何妨吟啸且徐行。
竹杖芒鞋轻胜马,
谁怕?
一蓑烟雨任平生。

料峭春风吹酒醒,
微冷,
山头斜照却相迎。
回首向来萧瑟处,
归去,
也无风雨也无晴。

【赏析】

宋神宗元丰二年(1079年)八月,苏轼于湖州知州任上,以作诗指斥乘舆、讥讽时政的罪名下御史台,酿成有名的"乌台诗案"。年底,诏责水部员外郎黄州团练副使,本州安置,翌年二月至黄州(今湖北黄冈市)。这首《定风波》词就作于到黄州第三年的春天。

词前小序云:"三月七日,沙湖道中遇雨。雨具先去,同行皆狼狈,余独不觉。已而遂晴,故作此词。"据《东坡志林》记载:"黄州东南三十里为沙湖,亦曰螺师店,予买田其间,因往相田。"全词紧扣途中遇雨这样一件生活中的小事,来写自己当时的内心感受。篇中的"风雨""竹杖芒鞋""斜照"等词语,既是眼前景物的实写,又不乏比兴象征的意味,是词人的人生境遇和情感体验的外化。全篇即景抒情,语言自然流畅,蕴涵着深刻的人生哲理,体现了东坡词独特的审美风格。

　　词的上阕写冒雨徐行时的心境。首句写雨点打在树叶上,发出声响,这是客观存在;而冠以"莫听"二字,便有了外物不足萦怀之意,作者的性格就显现出来了。"何妨"句是上一句的延伸。吟啸,吟诗长啸,表示意态安闲,在这里也就是吟诗的意思。词人不在意风雨,具体的反应又怎样呢? 他在雨中吟哦着诗句,甚至脚步比从前还慢了些哩! 潇洒镇静之中多少又带些倔强。"竹杖芒鞋"三句并非实景,而是作者当时的心中事,或者也可看作是他的人生哲学和政治宣言。芒鞋,即草鞋。谁怕,有什么可怕的。平生,指平日、平素。作者当时是否真的是"竹杖芒鞋",并不重要;而小序中已言"雨具先去",则此际必无披蓑衣的可能。所应玩味的是,拄着竹杖,穿着草鞋,本是闲人或隐者的装束,而马则是官员和忙人用的,所谓的"行人路上马蹄忙"。都是行具,故可拿来作比。但竹杖芒鞋虽然轻便,在雨中行路用它,难免不拖泥带水,焉能与骑马之快捷相比? 玩味词意,这个"轻"字并非指行走之轻快,分明指心情的轻松,大有"无官一身轻"之意,与"眼边无俗物,多病也身轻"中的"轻"字亦同。词人想,只要怀着轻松旷达的心情去面对,自然界的风雨也好,政治上的风雨(指贬谪生活)也好,又都算得了什么,有什么可怕的呢? 况且,我这么多年,不就是这样风风雨雨过来的吗? 此际我且吟诗,风雨随它去吧!

　　下阕写雨晴后的景色和感受。"料峭春风"三句,由心中事折回到眼前景。刚才是带酒冒雨而行,虽衣裳尽湿而并不觉冷。现在雨停风起,始感微凉,而山头夕阳又给词人送来些许暖意,好像特意迎接他似的。"相迎"二字见性情。作者常常能在逆境中看到曙光,不让这暂时的逆境左右自己的心情,这也就是他的旷达之处了。"回首"三句复道心中事,含蕴深邃。向来,即方才的意思。"回首向来萧瑟处",即是指回望方才的遇雨之处,也是对自己平生经历过的宦海风波的感悟和反思。词人反思的结果是:"归去"。陶渊明的退隐躬耕,是词人所仰慕的,但终其一生,词人从未有过真正意义上的退隐。"未成小隐寥中隐"。质言之,他所追求的并非外在的"身"的退隐,而是内在的"心"的退隐;所欲归之处,也并非家乡眉州,而是一个能使他敏感复杂的灵魂得以安放的精神家园。"此心安处,即是吾乡"。也正因如此,词人以"也无风雨也无晴"收束全篇,精警深刻,耐人寻味。方才遇雨时,词人没有盼晴,也不认为风雨有什么不好;现在天虽晴了,喜悦之情也淡得近乎没有。因为自然界和仕途上有晴有雨,有顺境有逆境,但在词人心中却无晴雨,因为"凡所有象,皆是虚妄。应无所住,而生其心"。词人始终是泰然自若的。结句透过一层来写,是篇中的主旨,也是苏轼诗歌的典型风格——"坡仙化境"的很好体现。所谓的"坡仙化境",就是在深挚、迫切、执著之后,忽然能够回转、放开,有类释家的先"执"后"破"。在此词中,"一蓑烟雨任平生",潇洒镇静中不免带些抗争之心,也仍是另一种形式的"执";"也无风雨也无晴",则是对之的升华。如果将上阕的结句比喻作禅宗里神秀和尚的偈语"时时勤拂拭,勿使惹尘埃",则苏轼此时"回头自笑风波地,闭眼聊观梦幻身",似乎顿悟到了方才的冒雨徐行也多少有些作态。现在雨过天晴,一切都像什么也没有发生似的,有如六祖慧能的"本来无一物,何处惹尘埃?"词人这才回到真我,体悟到生命的真谛,这也才是真正的彻底的"破"。

在苏轼现存的 360 多首词作中,"归"字竟出现了 100 余次,这是深可玩味的现象。李泽厚先生说:"苏轼一生并未退隐,也从未真正'归田',但他通过诗文所表达出来的那种人生空漠之感,却比前人任何口头上或事实上的'退隐'、'归田'、'遁世'要更深刻更沉重。因为,苏轼诗文中所表达出来的这种'退隐'心绪,已不只是对政治的退避,而是一种对社会的退避。"在《临江仙·夜归临皋》一词中,由于结尾"小舟从此逝,江海寄余生"两句所表达的弃官归隐之念,以至于"翌日宣传子瞻夜作此词,挂冠服江边,拿舟长啸去矣。郡守徐君猷闻之,惊且惧,以为州失罪人,急命驾往谒。则子瞻鼻鼾如雷,犹未兴也"。"本来,又何必那样呢?因为根本逃不掉这个人世大罗网"。无论是人间天上,抑或是廊庙江湖,对于苏轼来说均是"外部世界",本无区别。他最后的归宿只能是自己的"内心世界"。所谓的"也无风雨也无晴"和"小舟从此逝,江海寄余生",实际只是词人希望获得精神解脱的一种象喻而已。

　　旷达——顿悟——感伤,是苏轼文学作品中所特有的一种情感模式。他一生屡遇艰危而不悔,身处逆境而泰然,但内心深处的感伤却总是难以排遣。这种感伤有时很浓,有时又很淡,并常常隐藏在他爽朗或自嘲的笑声的背后。他的《蝶恋花·花褪残红青杏小》一词的下阕:"墙里秋千墙外道。墙外行人,墙里佳人笑。笑渐不闻声渐悄,多情却被无情恼。"行人自知无法看到墙内佳人的身姿容貌,只想再驻足聆听一会儿,孰料佳人此际已荡罢秋千离去,尚不知墙外还有一个多情的行人,这怎不令人懊恼呢!佳人之"无情",乃因不知有墙外"多情"行人的存在,而世间带有普遍性与必然性"人世多错迁"之事,又何止此一件呢?苏轼一生忠而见疑,直而见谤,此际落得个远谪岭南的下场,不也正是"多情却被无情恼"吗?他嘲笑自己的多情,也就是在嘲笑那些加在自己身上的不公的命运,在笑一切悲剧啊!

东坡词

水调歌头

丙辰中秋,欢饮达旦,大醉,作此篇,兼怀子由。

明月几时有?
把酒问青天。
不知天上宫阙,
今夕是何年。
我欲乘风归去,
又恐琼楼玉宇,
高处不胜寒。
起舞弄清影,
何似在人间?

转朱阁,
低绮户,
照无眠。
不应有恨,
何事长向别时圆?
人有悲欢离合,
月有阴晴圆缺,
此事古难全。
但愿人长久,
千里共婵娟。

【赏析】

这首脍炙人口的中秋词,作于宋神宗熙宁九年(1076),即丙辰年的中秋节,为作者醉后抒情,怀念弟弟苏辙之作。

　　全词运用形象的描绘和浪漫主义的想象,紧紧围绕中秋之月展开描写、抒情和议论,从天上与人间、月与人、空间与时间这些相联系的范畴进行思考,把自己对兄弟的感情,升华到探索人生乐观与不幸的哲理高度,表达了作者乐观旷达的人生态度和对生活的美好祝愿、无限热爱。上阕表现词人由超尘出世到热爱人生的思想活动,侧重写天上。开篇"明月几时有"一句,借用李白"青天有月来几时?我今停杯一问之"诗意,通过向青天发问,把读者的思绪引向广漠太空的神仙世界。"不知天上宫阙,今夕是何年"以下数句,笔势夭矫回折,跌宕多彩。它说明作者在"出世"与"入世",亦即"退"与"进""仕"与"隐"之间抉择上深自徘徊的困惑心态。以上写诗人把酒问月,是对明月产生的疑问、进行的探索,气势不凡,突兀挺拔。"我欲乘风归去,又恐琼楼玉宇,高处不胜寒"几句,写词人对月宫仙境产生的向往和疑虑,寄寓着作者出世、入世的双重矛盾心理。"起舞弄清影,何似在人间",写词人的入世思想战胜了出世思想,表现了词人执着人生、热爱人间的感情。

　　下阕融写实为写意,化景物为情思,表现词人对人世间悲欢离合的解释,侧重写人间。"转朱阁,低绮户,照无眠"三句,实写月光照人间的景象,由月引出人,暗示出作者的心事浩茫。"不应有恨,何事长向别时圆"两句,承"照无眠"而下,笔致淋漓顿挫,表面上是恼月照人,增人"月圆人不圆"的怅恨,骨子里是本抱怀人心事,借见月而表达作者对亲人的怀念之情。"人有悲欢离合,月有阴晴圆缺,此事古难全"三句,写词人对人世悲欢离合的解释,表明作者由于受庄子和佛家思想的影响,形成了一种洒脱、旷达的襟怀,齐荣辱,忘得失,超然物外,把作为社会现象的人间悲怨、不平,同月之阴晴圆缺这些自然现象相提并论,视为一体,求得安慰。结尾"但愿人长久,千里共婵娟",转出更高的思想境界,向世间所有离别的亲人,发出深挚的慰问和祝愿,给全词增加了积极奋发的意蕴。词的下阕,笔法大开大阖,笔力雄健浑厚,高度概括了人间天上、世事自然中错综复杂的变化,表达了作者对美好、幸福的生活的向往,既富于哲理,又饱含感情。

　　这首词是苏轼哲理词的代表作。词中充分体现了作者对永恒的宇宙和复杂多变的人类社会两者的综合理解与认识,是作者的世界观通过对月和对人的观察所做的一个以局部足以概括整体的小小总结。作者俯仰古今变迁，感慨宇宙流转，厌薄宦海浮沉，在皓月当空、孤高旷远的意境氛围中，渗入浓厚的哲学意味，揭示睿智的人生理念，达到了人与宇宙、自然与社会的高度契合。

水调歌头

快哉亭作

落日绣帘卷，
亭下水连空。
知君为我，
新作窗户湿青红。
长记平山堂上，
欹枕江南烟雨，
渺渺没孤鸿。
认得醉翁语，
山色有无中。

一千顷，
都镜净，
倒碧峰。
忽然浪起，
掀舞一叶白头翁。
堪笑兰台公子，
未解庄生天籁，
刚道有雌雄。
一点浩然气，
千里快哉风。

【赏析】

　　本词作于东坡贬居黄州的第四年，是苏轼豪放词的代表作之一。全词通过描绘快哉亭周围壮阔的山光水色，抒发了作者旷达豪迈的处世精神。

作者描写的对象，主要是"快哉亭"周围的广阔景象。开头四句，先用实笔，描绘亭下江水与碧空相接、远处夕阳与亭台相映的优美图景，展现出一片空阔无际的境界，充满了苍茫阔远的情致。"知君为我新作"两句，交待新亭的创建，点明亭主和自己的密切关系，反客为主、诙谐风趣地把张偓佺所建的快哉亭说成特意为自己而造，又写亭台窗户涂抹上青红两色油漆，色彩犹新。"湿"字形容油漆未干，颇为传神。

"长记平山堂上"五句，是记忆中情景，又是对眼前景象的一种以虚托实的想象式侧面描写。作者用"长记"二字，唤起他曾在扬州平山堂所领略的"江南烟雨""杳杳没孤鸿"那种若隐若现、若有若无、高远空蒙的江南山色的美好回忆。他又以此比拟他在"快哉亭"上所目睹的景致，将"快哉亭"与"平山堂"融为一体，构成一种优美独特的意境。这种以忆景写景的笔法，不但平添了曲折蕴藉的情致，而且加强了语境的空灵飞动。以上五句新颖别致，引人入胜，通过作者昔日的淋漓兴致，传达出今日快哉亭前览胜的欣喜之情。

上阕是用虚实结合的笔法，描写快哉亭下及其远处的胜景。下阕换头以下五句，又用高超的艺术手法展现亭前广阔江面倏忽变化、涛澜汹涌、风云开阖、动心骇目的壮观场面。词人并由此生发开来，抒发其江湖豪兴和人生追求。"一千顷，都镜净，倒碧峰"三句，写眼前广阔明净的江面，清澈见底，碧绿的山峰，倒映在江水中，形成了一幅优美动人的平静的山水画卷，这是对水色山光的静态描写。"忽然"两句，写一阵飓风，江面倏忽变化，涛澜汹涌、风云开阖，一个渔翁驾着一叶小舟，在狂风巨浪中掀舞。至此，作者的描写奇峰突起，由静境忽变动境，从而自自然然地过渡到全词着意表现的着重点——一位奋力搏击风涛的白发老翁。这位白头翁的形象，其实是东坡自身人格风貌的一种象征。以下几句，作者由风波浪尖上弄舟的老人，自然引出他对战国时楚国兰台令宋玉所作《风赋》的议论。在作者看来，宋玉将风分为"大王之雄风"和"庶人之雌风"是十分可笑的，是未解自然之理的生硬说教，白头翁搏击风浪的壮伟风神即是明证。其实，庄子所言天籁本身绝无贵贱之分，关键在于人的精神境界的高下。他以"一点浩然气，千里快哉风"这一豪气干云的惊世骇俗之语昭告世人：一个人只要具备了至大致刚的浩然之气，就能超凡脱俗，刚直不阿，坦然自若，在任何境遇中，都能处之泰然，享受使人感到无穷快意的千里雄风。苏轼这种在逆境中仍保持浩然之气的坦荡的人生态度，显然具有积极的社会意义。

这首词在艺术构思和结构上，具有波澜起伏、跌宕多姿、大开大合、大起大落的特点。下阕的描写和议论，豪纵酣畅，气势磅礴，词中出没风涛的白头翁形象，犹如百川汇海，含蓄地点明全篇主旨，给读者以强烈的震撼。

全词熔写景、抒情、议论于一炉，既描写了浩阔雄壮、水天一色的自然风光，又在其中贯注了一种坦荡旷达的浩然之气，展现出词人身处逆境却泰然处之、大气凛然的精神风貌，充分体现了苏词雄奇奔放的特色。

水调歌头

　　欧阳文忠公尝问余："琴诗何者最善?"答以退之听颖师琴诗最善。公曰："此诗固奇丽,然非听琴,乃听琵琶诗也。"余深然之。建安章质夫家善琵琶者,乞为歌词。余久不作,特取退之词,稍加隐括,使就声律,以遗之云。

昵昵儿女语,
灯火夜微明。
恩怨尔汝来去,
弹指泪和声。
忽变轩昂勇士,
一鼓填然作气,
千里不留行。
回首暮云远,
飞絮搅青冥。

众禽里,
真彩凤,
独不鸣。
跻攀寸步千险,
一落百寻轻。
烦子指间风雨,
置我肠中冰炭,
起坐不能平。
推手从归去,
无泪与君倾。

【赏析】

　　此词是根据唐朝诗人韩愈写音乐的名作《听颍师弹琴》改写的，大约作于苏轼元祐年（1087）在京师任翰林学士、知制诰时。词的写作过程是对韩诗"稍加隐括，使就声律"，也即按照词牌的格式和声律来"矫制"韩诗，一则增添新内容，二则减去原作中的部分诗句，三则利用原诗句稍加变化，以创新意。

　　苏词从开头到下阕的"一落百寻轻"均写音乐，写音乐的部分比韩诗增加了十个字，占了全词百分之七十多的篇幅，使得整个作品更为集中、凝练、主次分明，同时又保留了韩诗的妙趣和神韵。词先写乐声初发，仿佛静夜微弱的灯光下，一对青年男女在亲昵地窃窃私语，谈爱说恨，卿卿我我，往复不已。"弹指泪和声"倒点一句，见出弹奏开始，音调既轻柔、细碎而又哀怨、低抑"。"忽变"三句，写曲调由低抑到高昂，犹如气宇轩昂的勇士，在填然骤响的鼓声中，跃马驰骋，不可阻挡。"回首"两句，以景物形容声情，把音乐形象化为远天的暮云，高空的飞絮，极尽缥缈幽远之致。接着是百鸟争喧，明媚的春色中震颤着宛转错杂的啁啾之声，惟独彩凤不鸣。瞬息间高音突起，曲折而上，曲调转向艰涩，好像走进悬崖峭壁之中，脚蹬手攀，前行一寸，也要花费很大气力。正在步履维艰之际，音声陡然下降，恍如一落千丈，飘然坠入深渊，弦音戛然而止。至此，词人确乎借助于语言，把这位乐师的高妙弹技逼真地再现出来了。

　　最后五句，则是从听者心情的激动，反映出成功的弹奏所产生的感人的艺术效果。"指间风雨"，写弹者技艺之高，能兴风作浪；"肠中冰炭"，写听者感受之深，肠中忽而高寒、忽而酷热；并以"烦子""置我"等语，把双方紧密关联起来。音响之撼人，不仅使人坐立不宁，而且简直难以禁受，由于连连泣下，再没有泪水可以倾洒了。"无泪与君倾"，较之原诗中"湿衣泪滂滂"，更为含蓄，也更为深沉。诉诸听觉的音乐美，缺乏空间形象的鲜明性和确定性，是很难捕捉和形容的。但词人巧于取譬，他运用男女谈情说爱、勇士大呼猛进、飘荡的晚云飞絮、百鸟和鸣、攀高步险等等自然和生活现象，极力摹写音声节奏的抑扬起伏和变化，借以传达乐曲的感情色调和内容。这一系列含义丰富的比喻,变抽象为具体,把诉诸听觉的音节组合,转化为诉诸视觉的生动形象,这就不难唤起一种类比的联想,从而产生动人心弦的感染力。末后再从音乐效果,进一步刻画弹技之高,笔墨精微神妙,可说与韩诗同一机杼,同入化境。

苏轼这首词的"隐括",虽保留了韩诗的总体构思和一些精彩的描绘,但又在内容、形式以及两者的结合上,显示了自己的创造性,从而使此词获得了新的艺术生命和独特的审美价值。我们不妨将韩愈的原诗照录于此,请读者诸君对苏词和韩诗加以比照:

　　昵昵儿女语,思怨相尔汝。划然变轩昂,勇士赴敌场。浮云柳絮无根蒂,天地阔远随飞扬。喧啾百鸟群,忽见孤凤凰。跻攀分寸不可上,失势一落千丈强。

　　嗟余有两耳,未省听丝篁。自闻颖师弹,起坐在一旁。推手遽止之,湿衣泪滂滂。颖乎尔诚能,无以冰炭置我肠。

中国古典名著精华

念奴娇·赤壁怀古

大江东去，
浪淘尽、
千古风流人物。
故垒西边，
人道是、
三国周郎赤壁。
乱石穿空，
惊涛拍岸，
卷起千堆雪。
江山如画，
一时多少豪杰。

遥想公瑾当年，
小乔初嫁了，
雄姿英发。
羽扇纶巾，
谈笑间、
樯橹灰飞烟灭。
故国神游，
多情应笑我，
早生华发。
人生如梦，
一尊还酹江月。

【赏析一】

苏轼（1036—1101），字子瞻，自号东坡居士，眉州眉山人。他的政治思想比较保守,宋神宗时,王安石当政,行新法,他极力反对,出任杭州等处地方官。又因作诗得罪朝廷,被捕入狱,贬为黄州团练副使。宋哲宗时,旧党当权,召还为翰林学士;新党再度秉政后,又贬惠州,远徙琼州,后死于常州。

苏轼的词意境和风格都比前人提高一步。他作词不纠缠于男女之间的绮靡之情,也不喜欢写那些春愁秋恨的滥调,一扫晚唐五代以来文人词的柔靡纤细的气息,创造出高远清新的意境和豪迈奔放的风格。他的词强烈地反映着入世和出世的世界观的矛盾。他政治上长期失意,一生经历坎坷不平,但仍能保持乐观豪迈的精神,不时发出健旺爽朗的笑声;另一方面作者在达观潇洒的风度里潜伏着一种浓厚的,逃避现实追求解脱的老庄思想,用来寄托自己对政治现实不满的心情。

《念奴娇·赤壁怀古》是苏轼谪居黄州游赤壁时写的。这时作者 47 岁,自觉功名事业还没有成就,就借怀古以抒发自己的怀抱。

词从赤壁之下的长江写起:"大江东去,浪淘尽、千古风流人物。"这几句怎么讲?难道江浪真的像淘沙一样,淘洗着风流人物,而且把他们都淘净洗尽吗?我们当然不能照字面呆板地理解。这东去的大江和滚滚的江浪,既是眼前的景色,又是一种暗喻,喻指时光的流逝。逝者如斯,不舍昼夜,孔子早已有这样的感慨。苏轼登赤壁临长江,自然会由滚滚东去的江水想到不断流逝的时光。无情的逝水流光,淹没了古代多少显赫一时的风流人物。在历史的长河里,他们渐渐销声匿迹,不复有当年的光彩,真正能经得起历史考验的又有几个呢?但是这样的人还是有的,周瑜就是一个,这几句为下文赞美周瑜作了准备。词一开始就不同凡响:一派江水,千古风流,无穷感慨,和那种模山范水的诗句迥然不同。让人感到词人是站在历史的制高点上,看得远,想得深。

"故垒西边,人道是、三国周郎赤壁"。这几句由大江引出赤壁,由千古风流人物引出周郎。据考证,赤壁之战的战场在今湖北蒲圻县西北 36 公里,长江南岸。苏轼写这首词时正谪居黄州,他所游的赤壁在今湖北黄冈县城西门外,原名赤鼻,亦称赤鼻矶,断崖临江,截然如壁,色呈赭赤,形如悬鼻。词人用了"人道是"三字,可见他知道这并不是赤壁之战的那个赤壁,但当地既然传说是周郎赤壁,写词的时候也就不妨把它当成真的赤壁,用以寄托自己的怀古之情。"人道是"三字既有存疑的意味,又有确信的意味,前人说值得反复体会,确实如此。但我看"周郎赤壁"四字更耐人寻味。"周郎"指周瑜,字公瑾,24岁就当了建威中郎将,"吴中皆呼为周郎"。这是一个带有亲切意味的美称。赤壁就是赤壁,原不属哪一个人所有,而在词里却让它归了周郎,称之曰"周郎赤壁"。赤壁因周郎而著称,周郎亦借赤壁而扬名,一场确立了三分局面的大战,把周郎与赤壁密不可分地连在一起。有的版本作"孙吴赤壁",便显得呆板。因为"孙吴赤壁"不过是说出了赤壁的地理位置而已,远不如"周郎赤壁"之活脱、含蓄。

接下来描写赤壁景色:"乱石穿空,惊涛拍岸,卷起千堆雪。"前一句把视线引向天空,后两句把视线引向脚下,这三句简直是一幅具有立体感的图画。"江山如画,一时多少豪杰。"一句承上概括风景,一句启下引出周瑜,这两句很有力地收束了上阕。词的开头说"千古风流人物",着眼于广阔的历史背景。这里说"一时多少豪杰",缩小范围单就赤壁而言,在这个舞台上有多少豪杰共同演出了雄壮的戏剧,而周瑜就是其中的一个主角。

下阕着重写赤壁之战中作为主帅的周瑜。"遥想公瑾当年,小乔初嫁了,雄姿英发。""当年"是正当年的意思,这里是指周瑜指挥赤壁之战的时候正青春年少、意气风发。紧跟着又补充一句,说那时他刚刚结婚,娶了一个绝代的美人。苏轼写词的时候,兴之所至挥笔立就,不一定去考证周瑜和小乔结婚的时间。其实这几句的意味全在"小乔初嫁了"的穿插,本来写的是赤壁之战这样的大事,周瑜作为战争一方的主帅,有许多事可写。词人偏偏要花费笔墨去渲染他的婚姻,说有一个国色天香的美人刚刚嫁给了他。这一句看似闲笔,其实不闲。词人有意用小乔这位美人去衬托周瑜这位英雄,使下面那句"雄姿英发"成为有血有肉的丰富饱满的艺术形象。

"羽扇纶巾,谈笑间、樯橹灰飞烟灭。""羽扇"是用鸟羽所制的扇,汉末盛行于江东。"纶巾"是用青丝带编的头巾,汉末名士多服此。"羽扇纶巾"并不是诸葛亮专用的,这里当然也就不一定要讲成是指诸葛亮。从"遥想公瑾当年"到"樯橹灰飞烟灭",一气呵成,只写了一个人,就是周瑜,写他风雅闲散,谈笑自若,运筹于帷幄之中,很容易地就挫败了敌人。"樯橹灰飞烟灭"是指曹军的战船被焚毁。"强虏"一作"樯橹"。

　　"故国神游，多情应笑我，早生华发。"这几句的主语是谁？谁在"神游"？谁在"笑我"？这是个疑点。不少注本说主语是苏轼，大概是考虑到词的题目叫《赤壁怀古》，怀古的既然是苏轼，遂以为神游故国的人也是苏轼。"神游"的主语既是苏轼，"笑我"的主语当然也是苏轼，"多情应笑我"便被解释为苏轼自己应笑自己多情。还有进而把"多情"讲成"自作多情"或"多愁善感"的。这样讲虽然不能说不通，但毕竟显得勉强。这几句的主语应该仍然是上文所写的周瑜。"神游"的意思是身未往游，而精神魂魄往游。苏轼既已身在赤壁，怎么能说是"神游"呢？如果硬要说是神游三国当时的赤壁，那也未免太迂腐了。还有"故国"，它的意思是古国、祖国或故乡。赤壁是谁的故国呢？当然讲成是周瑜的故国才顺畅。赤壁是周瑜当年建立功勋的地方，又是东吴的故土。词人想象，周瑜身已殒亡而心恋故地，神游故国，和自己相遇，将会笑我事业未就华发早生。周瑜那么年轻就完成了一番惊天动地的事业，显示了非凡的才能。自己虽然也有抱负和才能，却未能施展。岁月蹉跎，华发早生，如今又被贬谪到黄州，在英雄们叱咤风云的古战场上空自凭吊，多情的周瑜真该笑我了！这个"笑"字意味丰富，这是善意的笑，同情的笑；不是嘲弄，也不是揶揄。首先是苏轼自己觉得自己的处境可笑，进而想象周瑜也会笑自己。这"笑"里饱含着词人对自己身世的深沉感慨，也带有一种自我解嘲的意味。苏轼是把周瑜当成知己的朋友看待的，他对周瑜的赞美使人感到是对朋友的亲切的赞美，而周瑜笑他也是一种朋友之间的亲切的体贴的笑。这就是"多情"二字的含义。

　　词的开头写"千古风流人物"，上阕末尾缩小到"一时多少豪杰"，下阕又专写周瑜这一位英雄，层次脉络十分清楚，都属于怀古的范围。出人意料的是，在写周瑜的时候突然把笔锋一转，引出词人自己，也就是那个早生华发的"我"。于是，千古风流，一时豪杰，以及小乔初嫁的周瑜一下子都退居于陪衬的地位，而"我"则被突出了。赞美周瑜的"雄姿英发"，原来是为了对比自己的"早生华发"。大开大合，大起大伏，显示了苏轼雄奇的气魄和笔力。

　　词的末尾是两句无可奈何的排遣之辞："人生如梦，一尊还酹江月。"这两句又回到了开头的意思，并加深了开头的意思。和江水、江月相比，和永恒的大自然相比，尤其会有这种感喟。正如苏轼在《前赤壁赋》中所说："哀吾生之须臾,羡长江之无穷。"多少风流人物尚且经不住流光的淘洗,何况自己呢? 人生本来就很短促,自己又虚度了年华,等待着自己的将会是什么? 苏轼之所以发出"人生如梦"的感慨,恰恰是因为他想抓紧时间把握现实有所作为以期不朽,但客观的条件不允许他这样。一个才情奔放而壮志消磨殆尽的人发出这样的感慨,是完全可以理解的。"一尊还酹江月",是向江月洒酒表示祭奠。其中既有哀悼千古风流人物的意思,也有引江月为知己,向江月寻求安慰的意思。苏轼在《水调歌头》里说想要乘风飞向明月。在《前赤壁赋》里说:"惟江上之清风,与山间之明月,耳得之而为声,目遇之而成色,取之不尽,用之不竭,是造物者之无尽藏也,而吾与子之所共适。"可以和"一尊还酹江月"互相参看。

传统的词评家把词分为豪放派与婉约派,然后把苏轼归为豪放派词人之列,这种分法过于简单,也过于武断。其实"风格是性格的表现",这是常识,而人的性格总是复杂得多面的,特别是风流倜傥、才华横溢、清高孤傲而又多愁善感的苏东坡,他的理想,他的学识,他的兴趣,他的性格自然是立体的复杂的,那么他词的风格自然也是多样的,如《江城子》(十年生死两茫茫)的哀婉凄切,柔肠寸断;《水调歌头》(明月几时有)的胸襟开阔,见解卓越,哲理深邃;《蝶恋花》(花褪残红青杏小)的蕴藉有味,感人至深,恐怕柳永的婉约词未必能过。而《念奴娇·赤壁怀古》这首词,则是他豪放词的代表作。

《念奴娇·赤壁怀古》是苏轼谪居黄州时游赤壁而作。元丰二年(1079)秋,苏轼因被莫须有的"乌台诗案"所诬入狱,差点性命不保,由太皇太后出面相救,才免去一死,事后贬谪黄州。这是他生平遇到的第一次大挫折,对其人生和创作都产生了巨大影响,从某种意义上可以说,这是苏轼的大不幸,又是苏轼的大幸,也是中国文坛的大幸。从此他真正成熟了,他的词也成了中国文学的瑰宝。

上阕:作者由眼前江山奇伟的景色,联想起曾经发生在此地的千古决战,发出对历史人物的幽思之情。

"大江东去"头四个字,即表现了长江滚滚滔滔奔腾入海的博大、广远的景象,意象高远,眼界开阔,成为豪放词的代名词。《吟剑录》有云:"学士词,须关西大汉,执铜琶铁板,唱'大江东去'。"

"大江东去,浪淘尽,千古风流人物"三句形象与心情结合极好,从空间的长江水滚滚东流入海,变成了时间上的历史洪流,像淘米一样冲洗尽了千古人物,不只是渣滓,也洗尽了风流人物:千百年来有多少的盛衰、兴亡之事,有多少的英雄豪杰都在滔滔滚滚的历史长河中消失殆尽,烟消云散了。他感慨的是千古风流人物的消失。那么,感慨又来自何处呢?

"故垒西边,人道是,三国周郎赤壁。"故垒的西边,就是周瑜攻破曹操八十万水兵的地方。当然苏轼游的赤壁,也许并不是三国周郎征战的赤壁,但是从诗人的感情上来说,作者看见此赤壁联想起彼赤壁,再想起赤壁之战的周郎,自然是符合艺术的真实的。作者为了说明这点用了一个很模糊的词"人道是"。因此我们在欣赏诗歌的时候不能像做数学题一样的,一加一等于二。这句诗也把周瑜从千千万万的英雄人物中突现出来,有了追慕的对象。下面紧接着写景——"乱石穿空,惊涛拍岸,卷起千堆雪。"用比喻、夸张、拟人、对偶的修辞手法,奔放自如,自有层次:赤壁山上杂乱的山石直插云霄,长江滚滚滔滔、惊涛骇浪拍打在岩岸上,不断地激起白色的浪花,犹如卷起漫天飞雪。词人用"乱""穿""拍""卷",把一幅气势磅礴、境界宏阔的图画展现在读者的眼前,最后把美好河山归纳为"江山如画";这真是一个建功立业的好地方。承接上面的"浪淘尽千古风流人物"归结为"一时多少豪杰"。构思极宏伟而精细,宏伟的是境界,精细的是结构:时空交错,浓缩为一点——"人道是三国周郎赤壁"突出主题。

苏轼在黄州的这一段时间,无论是写赋、填词都表现了对历史盛衰兴亡的感叹,看起来是借古人的酒杯浇自己心中块垒,而实际上又不完全是表现个人的得失成败,还有通古今而观之的历史感慨。从"乌台诗案"中走出来,来到黄州这块神奇的土地,他寂寞孤独,又庆幸自己命不该绝,并且与佛有缘,研修佛经,突破了重围。于是他变得宏阔,也变得"清纯"了,跳出形式去自由发挥了,因而这首词内容思接千载,形式灵活自如。

下阕:突出刻画了赤壁之战的主角周瑜雄才大略指挥若定而又风流儒雅的形象,表达了对前贤的追慕之情。并由此联系自己的遭际人生,油然而发"人生如梦"之感慨。

"遥想公瑾当年"紧接上文的"一时多少豪杰",上下过片丝丝入扣,自然流畅,可见精细。

　　"小乔初嫁了,雄姿英发,羽扇纶巾谈笑间,樯橹灰飞烟灭。"这三句形象地写出了周瑜成功人生的三个层面:英俊潇洒、风流儒雅,爱情幸福,事业有成。"小乔"是东吴美女,写"小乔初嫁"是借美女衬英雄,与杜牧的"东风不与周郎便,铜雀春深锁二乔"有异曲同工之妙。"羽扇纶巾"是儒雅风度。"樯橹灰飞烟灭"写战争轻而易举地取得胜利,更是为了突出周瑜的雄才大略,事业有成。而接下来用对比手法,自己与周瑜大相径庭——"故国神游,多情应笑我,早生华发。"自己的人生却是一片灰暗:华发早生,一事无成,发妻王氏亡去十年("十年生死两茫茫"《江城子》)。如果周郎死后有知,灵魂再来赤壁,看到我也在这里,以他多情浪漫的性格,一定会跟我开玩笑,虽然我们相隔千百年,他还是会笑我年纪老大,两鬓霜白却仍然一事无成。

　　苏轼少年聪慧有志,饱读经书,颇受儒家的修身齐家治国安邦平天下的思想影响,有"澄清天下之志";后来却屡遭挫折贬抑,三起三落,特别是"乌台诗案"九死一生,他又参透道家的"无为"思想。确实,一个人真的到了死亡的边沿,鬼神在向他敲门的时候,他才能真正地体会和领悟人生的价值和意义。因此,苏轼始终没有"学乖",一直是个坦白、忠诚、正直的人,由于他受佛教的影响(佛教讲究"法忍",一方面它否定人生,是消极的因素,但是一方面佛教又讲究用无生的佛理来拯救众生,用否定自己牺牲自己的方法来拯救别人,这其实就是参透人生),他对人生的理解就特别深刻,要想成就事业,需要天时、地利、人和,这些周瑜占尽,而我老苏虽才华横溢却太不走运,全是天意。只有理解了苏轼的这种复杂的感情,才能真正懂得"早生华发"的悲哀。

　　其实苏轼早就能够坦然地对待个人的悲欢离合和兴衰荣辱了,他在"把酒问青天"时就已参悟人生,他不像李商隐,沉在痛苦之中永远跳不出来,而像李白,面对滚滚的长江清楚地知道"抽刀断水水更流,举酒消愁愁更愁,人生在世不称意,明朝散发弄扁舟"。于是苏轼在"早生华发"之后,不再写悲哀了。

　　"人生如梦,一尊还酹江月。"人生就像一场大梦。古往今来的人生不论得失都是一场梦。"古今将相今何在,不见当年秦始皇。"正如李白说的"世间行乐亦如梦,古来万事东流水,且放白鹿青崖间",苏轼且把千古以来的兴亡盛衰的感慨,个人的早生华发的悲哀都抛之脑后,举起一杯酒,洒在江心,以告祭江心的一轮明月。

明月之光映在江心之中,那种空明的境界正与苏轼心中澄清的境界合而为一,引起了千载难逢的共鸣。不管别人的赞誉与诽谤,内心总是坦然、正直、光明的。这才是真正的潇洒酣畅、豪迈狂放。

【赏析二】

这首被誉为"千古绝唱"的名作,是宋词中流传最广、影响最大的作品,也是豪放词最杰出的代表。

它写于神宗元丰五年(1082)年七月,是苏轼贬居黄州时游黄风城外的赤壁矶时所作。此词对于一度盛行缠绵悱恻之风的北宋词坛,具有振聋发聩的作用。开篇即景抒情,时越古今,地跨万里,把倾注不尽的大江与名高累世的历史人物联系起来,布置了一个极为广阔而悠久的空间、时间背景。它既使人看到大江的汹涌奔腾,又使人想见风流人物的卓越气概,并将读者带入历史的沉思之中,唤起人们对人生的思索,气势恢宏,笔大如椽。接着"故垒"两句,点出这里是传说中的古赤壁战场,借怀古以抒感。"人道是",下笔极有分寸。"周郎赤壁",既是拍合词题,又是为下阕缅怀公瑾预伏一笔。以下"乱石"三句,集中描写赤壁雄奇壮阔的景物:陡峭的山崖散乱地高插云霄,汹涌的骇浪猛烈搏击着江岸,滔滔的江流卷起千万堆澎湃的雪浪。这种从不同角度而又诉诸于不同感觉的浓墨健笔的生动描写,一扫平庸萎靡的气氛,把读者顿时带进一个奔马轰雷、惊心动魄的奇险境界,使人心胸为之开阔,精神为之振奋!煞拍二句,总束上文,带起下阕。"江山如画",这明白精切、脱口而出的赞美,是作者和读者从以上艺术地提供的大自然的雄伟画卷中自然得出的结论。以上写周郎活动的场所赤壁四周的景色,形声兼备,富于动感,以惊心动魄的奇伟景观,隐喻周瑜的非凡气概,并为众多英雄人物的出场渲染气氛,为下文的写人、抒情作好铺垫。

上阕重在写景,下阕则由"遥想"领起五句,集中笔力塑造青年将领周瑜的形象。作者在历史事实的基础上,挑选足以表现人物个性的素材,经过艺术集中、提炼和加工，从几个方面把人物刻画得栩栩如生。据史载，建安三年，东吴孙策亲自迎请24岁的周瑜，授予他"建威中郎将"的职衔，并同他一齐攻取皖城。周瑜娶小乔，正在皖城战役胜利之时，其后十年他才指挥了有名的赤壁之战。此处把十年间的事集中到一起，在写赤壁之战前，忽插入"小乔初嫁了"这一生活细节，以美人烘托英雄，更见出周瑜的风姿潇洒、韶华似锦、年轻有为，足以令人艳羡；同时也使人联想到：赢得这次抗曹战争的胜利，乃是使东吴据有江东、发展胜利形势的保证，否则难免出现如杜牧《赤壁》诗中所写的"铜雀春深锁二乔"的严重后果。这可使人意识到这次战争的重要意义。"雄姿英发，羽扇纶巾"，是从肖像仪态上描写周瑜束装儒雅，风度翩翩。纶巾，青丝带头巾，"葛巾毛扇"，是三国以来儒将常有的打扮，着力刻画其仪容装束，正反映出作为指挥官的周瑜临战潇洒从容，说明他对这次战争早已成竹在胸、稳操胜券。"谈笑间、樯橹灰飞烟灭"，抓住了火攻水战的特点，精切地概括了整个战争的胜利场景。词中只用"灰飞烟灭"四字，就将曹军的惨败情景形容殆尽。以下三句，由凭吊周郎而联想到作者自身，表达了词人壮志未酬的郁愤和感慨。"多情应笑我，早生华发"为倒装句，实为"应笑我多情，早生华发"。此句感慨身世，言生命短促，人生无常，深沉、痛切地发出了年华虚掷的悲叹。"人间如梦"，抑郁沉挫地表达了词人对坎坷身世的无限感慨。"一尊还酹江月"，借酒抒情，思接古今，感情沉郁，是全词余音袅袅的尾声。"酹"，即以酒洒地之意。

这首词感慨古今，雄浑苍凉，大气磅礴，昂扬郁勃，把人们带入江山如画、奇伟雄壮的景色和深邃无比的历史沉思中，唤起读者对人生的无限感慨和思索，融景物、人事感叹、哲理于一体，给人以撼魂荡魄的艺术力量。

醉翁操

琅琊幽谷,山水奇丽,泉鸣空涧,若中音会,醉翁喜之,把酒临听,辄欣然忘归。既去十余年,而好奇之士沈遵闻之往游,以琴写其声,曰《醉翁操》,节奏疏宕而音指华畅,知琴者以为绝伦。然有其声而无其辞。翁虽为作歌,而与琴声不合。又依《楚词》作《醉翁引》,好事者亦倚其辞以制曲。虽粗合韵度而琴声为词所绳约,非天成也。后三十余年,翁既捐馆舍,遵亦没久矣。有庐山玉涧道人崔闲,特妙于琴,恨此曲之无词,乃谱其声,而请于东坡居士以补之云。

琅然,
清圆,
谁弹,
响空山。
无言,
惟翁醉中知其天。
月明风露娟娟,
人未眠。
荷蒉过山前,
曰有心也哉此贤。

醉翁啸咏,
声和流泉。
醉翁去后,
空有朝吟夜怨。
山有时而童颠,

水有时而回川。

思翁无岁年，

翁今为飞仙。

此意在人间，

试听徽外三两弦。

【赏析】

　　此作是为琴曲《醉翁操》所谱写的一首词。醉翁，即欧阳修。《醉翁操》是太常博士沈遵据欧公庆历中谪守滁州时在琅琊幽谷所闻天籁之声，以琴写之，谱制而成的琴曲。苏轼此词，即是专门为这一天生绝妙之曲谱写的。词中写鸣泉及其和声，能将无形之声写得真实可感，足见词人对于大自然造化之工的深切体验。

　　词的上阕写流泉之自然声响及其感人效果。"琅然，清圆，谁弹，响空山"。四句为鸣泉飞瀑之所谓声若环佩，创造出一个美好意境。琅然，乃玉声。《楚辞·九歌》曰："抚长剑兮玉珥，璆锵鸣兮琳琅。"此用以状流泉之声响。清圆两字，这里是用来说泉声的清越圆转。在这十分幽静的山谷中，是谁弹奏起这一绝妙的乐曲？如此一来，动静之趣立现。"无言，惟翁醉中知其天。"是对上面设问的回答：这是天地间自然生成的绝妙乐曲。这一绝妙的乐曲，很少有人能得其妙趣，只有醉翁欧阳修能于醉中理解其天然妙趣。此句依然是写流泉声响之无限美妙。"月明风露娟娟，人未眠。"从声响所产生的巨大感人效果来写流泉声响之美妙：在此明月之夜，人们因为受此美妙乐曲所陶醉，迟迟未能入眠。"荷蒉过山前，曰有心也哉此贤。"二句说这一乐曲如何打动了荷蒉者。词作将此流泉之声响比作孙子之击磬声，用荷蒉者对击磬声的评价，颂扬流泉之自然声响。下阕写醉翁的啸咏声及琴曲声。"醉翁啸咏，声和流泉。"二句照应上阕之只有醉翁欧阳修才能得其天然妙趣的意思。写欧阳修曾作醉翁亭于滁州，在琅琊幽谷听鸣泉，且啸且咏，乐而忘还，天籁人籁，完全融为一体。"醉翁去后，空有朝吟夜怨。"说醉翁离开滁州，流泉失去知音，只留下自然声响，但此自然声响，朝夕吟咏，似带有怨恨情绪。"山有时而童颠，水有时而回川。"说时光流转，山川变换，琅琊诸峰，林壑优美,并非永远保持原状。童颠,指山无草木。而水,同样也不是永远朝着一个方向往前流动的。这句的意思是,琅琊幽谷之鸣泉也就不可能完美地保留下来。"思翁无岁年,翁今为飞仙。"说山川变换,人事变换,人们因鸣泉而念及醉翁,而醉翁却已化仙而去。此处用"飞仙"之典,谓醉翁化为飞仙,一去不复返,鸣泉之美妙,也就再也无人聆赏了。结句"此意在人间,试听徽外三两弦"说,鸣泉虽不复存在,醉翁也已化为飞仙,但鸣泉之美妙乐曲,醉翁所追求之绝妙意境,却仍然留在人间。词作最后将着眼点落在琴声上,突出了全词的主旨。

这首词句式及字声配搭非常奇特。开头四句,"琅然,清圆,谁弹,响空山。"只有一个仄声字,其余都是平声。接着二句亦然。这样的安排,与此曲所属宫调有关。同时,上下两结句作七言拗句,也是特意安排的。故郑文焯曰:"读此词,髯苏之深于律可知。"

水龙吟

似花还似非花,
也无人惜从教坠。
抛家傍路,
思量却是,
无情有思。
萦损柔肠,
困酣娇眼,
欲开还闭。
梦随风万里,
寻郎去处,
又还被、莺呼起。

不恨此花飞尽,
恨西园、落红难缀。

晓来雨过，

遗踪何在，

一池萍碎。

春色三分，

二分尘土，

一分流水。

细看来，不是杨花，

点点是离人泪。

【赏析】

　　苏词向以豪放著称，但也有婉约之作，这首《水龙吟》即为其中之一。它借暮春之际"抛家傍路"的杨花，化"无情"之花为"有思"之人，"直是言情，非复赋物"，幽怨缠绵而又空灵飞动地抒写了带有普遍性的离愁。篇末"细看来，不是杨花，点点是离人泪，"实为显志之笔，千百年来为人们反复吟诵、玩味，堪称神来之笔。

　　上阕首句"似花还似非花"出手不凡，耐人寻味。它既咏物象，又写人言情，准确地把握住了杨花那"似花非花"的独特"风流标格"：说它"非花"，它却名为"杨花"，与百花同开同落，共同装点春光，送走春色；说它"似花"，它色淡无香，形态细小，隐身枝头，从不为人注目爱怜。次句承以"也无人惜从教坠"。一个"坠"字，赋杨花之飘落；一个"惜"字，有浓郁的感情色彩。"无人惜"，是说天下惜花者虽多，惜杨花者却少。此处用反衬法暗蕴缕缕怜惜杨花的情意，并为下阕雨后觅踪伏笔。"抛家傍路，思量却是，无情有思"三句承上"坠"字写杨花离枝坠地、飘落无归情状。不说"离枝"，而言"抛家"，貌似"无情"，犹如韩愈所谓"杨花榆荚无才思，惟解漫天作雪飞"（《晚春》），实则"有思"，一似杜甫所称"落絮游丝亦有情（《白丝行》）。咏物至此，已见拟人端倪，亦为下文花人合一张本。"萦损柔肠，困酣娇眼，欲开还闭"，这三句由杨花写到柳树，又以柳树喻指思妇、离人，可谓咏物而不滞于物，匠心独具，想象奇特。以下"梦随"数句化用唐人金昌绪《春怨》诗意："打起黄莺儿，莫教枝上啼。啼时惊妾梦，不得到辽西"，借杨花之飘舞以写思妇由怀人不至引发的恼人春梦,咏物生动真切,言情缠绵哀怨,可谓缘物生情,以情映物,情景交融,轻灵飞动。

下阕开头"不恨此花飞尽,恨西园、落红难缀。"作者在这里以落红陪衬杨花,曲笔传情地抒发了对于杨花的怜惜。继之由"晓来雨过"而问询杨花遗踪,进一步烘托出离人的春恨。"一池萍碎"句,苏轼自注为"杨花落水为浮萍,验之信然。"以下"春色三分,二分尘土,一分流水",这是一种想象奇妙而兼以极度夸张的手法。这里,数字的妙用传达出作者的一番惜花伤春之情。至此,杨花的最终归宿,和词人的满腔惜春之情水乳交融,将咏物抒情的题旨推向高潮。篇末"细看来,不是杨花,点点是离人泪。"一句,总收上文,既干净利索,又余味无穷。它由眼前的流水,联想到思妇的泪水;又由思妇的点点泪珠,映带出空中的纷纷杨花,可谓虚中有实,实中见虚,虚实相间,妙趣横生。这一情景交融的神来之笔,与上阕首句"似花还似非花"相呼应,画龙点睛地概括、烘托出全词的主旨,给人以余音袅袅的回味。

满庭芳

有王长官者，弃官黄州三十三年，黄人谓之王先生。因送陈慥来过余，因此为赋。

三十三年，
今谁存者？
算只君与长江。
凛然苍桧，
霜干苦难双。
闻道司州古县，
云溪上、
竹坞松窗。
江南岸，
不因送子，
宁肯过吾邦？

摐摐，
疏雨过，
风林舞破，
烟盖云幢。
愿持此邀君，
一饮空缸。
居士先生老矣，
真梦里、
相对残红。
歌声断，

行人未起，

船鼓已逢逢。

【赏析】

这首词是苏轼发配黄州时的作品。当时，苏轼的许多朋友或怕株连，或避嫌疑，纷纷疏远了他，使他备感世态炎凉。然而，他的同乡陈慥却蔑视世俗，仍与其过从甚密，五年中竟七次来访。元丰六年（1083）五月，"弃官黄州三十三年"的王长官因送陈慥到荆南某地访东坡，得以与东坡会晤，此作乃得以诞生词的上半阕，主要是刻画王长官的高洁人品，下半阕则描绘会见王长官时的环境、气氛，以及东坡当时的思绪和情态。

上阕全就王长官其人而发，描绘了一个饱经沧桑、令人神往的高士形象。前三句"三十三年，今谁存者，算只君与长江"，一开篇就语出惊人不同凡响，在将长江拟人化的同时，以比拟的方式将王长官高洁的人品与长江共论，予以高度评价。"凛然苍桧，霜干苦难双"二句喻其人品格之高，通过"苍桧"的形象比喻其人傲干奇节，风骨凛然如见。王长官当时居住黄陂，唐代武德初以黄陂置南司州，故词云"闻道司州古县，云溪上、竹坞松窗"。后四字以竹松比喻托衬他的正直耿介。"江南岸"三句是说倘非王先生送陈慥来黄州，恐终不得见面。语中既有词人的自谦，也饱含作者对于王先生人品的仰慕之情。过片到"相对残红"句写三人会饮。"搅搅"二字拟（雨）声，其韵铿然，有风雨骤至之感。"疏雨过，风林舞破，烟盖云幢"几句，既写当日气候景色，又通过自然景象的不凡，暗示作者与贵客的遇合之脱俗。"愿持此邀君，一饮空缸"，充满了酒逢知己千杯少的豪情。"居士先生老矣"，是生命短促、人生无常的感叹。"真梦里，相对残红"，写主客通宵达旦相饮欢谈，彼此情投意合。末三句写天明分手，船鼓催发，主客双方话未尽，情未尽，满怀惜别之意。

全词"键句入词，更奇峰特出"，"不事雕凿，字字苍寒，语言干净简练之极，而内容，含义隐括极多，熔叙事，写人、状景、抒情于一炉，既写一方奇人之品格，又抒旷达豪放之情感，实远出于一般描写离合情怀的诗词之上。词中凛然如苍桧的王先生这一形象，可谓东坡理想人格追求的绝妙写照。

满庭芳

蜗角虚名，

蝇头微利，

算来着甚干忙。

事皆前定，

谁弱又谁强。

且趁闲身未老，

须放我、

些子疏狂。

百年里，

浑教是醉，

三万六千场。

思量，

能几许？

忧愁风雨，

一半相妨。

又何须抵死，

说短论长。

幸对清风皓月，

苔茵展、

云幕高张。

江南好，

千钟美酒，

一曲《满庭芳》。

【赏析】

　　这首词以议论为主，具有浓厚的哲理意味，同时也有强烈的抒情色彩。从词中所表现的内容来看，它的写作年代当为苏轼谪贬黄州之后。此作情理交融，奔放舒卷，尽情地展示了词人在人生道路上受到重大挫折之后既愤世嫉俗又飘逸旷达的内心世界，表现了他宠辱皆忘、超然物外的人生态度。词人以议论发端，用形象的艺术概括对世俗热衷的名利作了无情的嘲讽。他一开始就引用《庄子》中的一个寓言故事，以蔑视的眼光，称为"蜗角虚名、蝇头微利"，进而以"算来着甚干忙"揭示了功名利禄的虚幻，并由世俗对名利的追求，联想到党争中由此而带来的倾轧以及被伤害后的自身处境，叹道："事皆前定，谁弱又谁强。""事"指名利得失之事，谓此事自有因缘，不可与争；但得者岂必强，而失者岂必弱，因此也无须过分介意。以上几句，既是对营营苟苟世俗观念的奚落，也是对政治派系内部倾轧的厌倦和批判，大有洞悉人生之慨。东坡感到人世间名利场的角逐如同梦幻，所以，"且趁闲身未老，须放我、些子疏狂。百年里，浑教是醉，三万六千场"，试图在醉中不问世事，以全身远祸。一"浑"字抒发了以沉醉替换痛苦的悲愤，一个愤世嫉俗而又渴求摆脱尘世羁绊的文人形象呼之欲出。过片"思量、能几许"，承上"百年里"说来，谓人生能几；而"忧愁风雨，一半相妨"，宦海浮沉，辗转流迁，命运多舛，饱经忧患。这几句是作者的人生自叙，隐含着身受惨祸、壮志难酬的沉痛哀叹。"又何须抵死，说短论长"，是因"忧愁风雨"而彻悟之语。此句激愤地表达了词人对于忧患人生的失望和怅惘，读来令人感慨万千。下面笔锋一转，以无际的绿茵、高涨的云幕，与浩大无穷的宇宙合而为一，求得了内心的宁静。结尾"江南好，千钟美酒，一曲《满庭芳》"一句，情绪豁达开朗，充满了飘逸旷达、超凡脱俗的闲适至乐之情，表明作者终于摆脱了世俗功名的苦海，获得了精神的超脱与解放。正如有人所说，诗词固然以"主性情"为主，但是"主议论"的诗词如能做到"带情韵以行"，同样可以收到扣人心弦的艺术效果。东坡这首《满庭芳》词的成功便说明了这一点。

　　称这首词是一篇抒情的人生哲理议论，应当是恰如其分的。全篇入情入理，情理交融，现身说法，直抒胸臆，既充满饱经沧桑、愤世嫉俗的沉重哀伤，又洋溢着对于精神解脱和圣洁理想的追求与向往，表达了词人在人生矛盾的困惑中寻求超脱的出世意念，可谓一曲感人至深的生命的觉醒和呼唤。

满庭芳

元丰七年四月一日，佘将去黄移汝，留别雪堂邻里二三君子，会李仲览自江东来别，遂书以遗之。

归去来兮，
吾归何处？
万里家在岷峨。
百年强半，
来日苦无多。
坐见黄州再闰，
儿童尽、
楚语吴歌。
山中友，
鸡豚社酒，
相劝老东坡。

云何，
当此去，
人生底事，
来往如梭？
待闲看秋风，
洛水清波。
好在堂前细柳，
应念我，
莫剪柔柯。
仍传语，

江南父老，

时与晒渔蓑。

【赏析】

这首词，于平直中见含蓄婉曲，于温厚中透出激愤不平，在依依惜别的深情中表达出苏轼与黄州父老之间珍贵的情谊，抒发了作者在坎坷、不幸的人生历程中，既满怀悲苦又寻求解脱的矛盾双重心理。

宋神宗元丰七年（1084），因"乌台诗案"而谪居黄州达五年之久的苏轼，奉命由黄州移汝州（今河南临汝）。对于苏轼来说，这次虽是从遥远的黄州调到离京城较近的汝州，但五年前加给他的罪名并未撤消，官职也仍是一个"不得签书公事"的州团练副使，政治处境和实际地位都没有任何实质上的改善。当他即将离开黄州赴汝州时，他的心情是矛盾而又复杂的：既有人生失意、宦海浮沉的哀愁和依依难舍的别情，又有久惯世路、洞悉人生的旷达之怀。这种心情，十分真实而又生动地反映在词中。

上阕抒写对蜀中故里的思念和对黄州邻里父老的惜别之情。首句"归去来兮"，搬用陶渊明《归去来兮辞》首句，非常贴切地表达了自己思归故里的强烈愿望，暗含了思归不得归、有家不能归的怅恨。接下来"百年强半，来日苦无多"二句，以时光易逝、人空老大的感叹，加深了失意思乡的感情氛围。上阕的后半部分，笔锋一转，撇开满腔愁思，抒发因在黄州居住五年所产生的对此地山川人物的深厚情谊。"坐见黄州再闰，儿童尽、楚语吴歌"句，于平和的语气中，传达出生命短促、人生无常的沉重哀伤。"山中友，鸡豚社酒，相劝老东坡"，这三句，真切细致地表现了作者与黄州百姓之间纯真质朴的情谊，以及作者在逆境中旷达超脱、随遇而安地淡泊心态。

词的下阕，进一步将宦途失意之怀与留恋黄州之意对写，突出了作者达观豪放的可爱性格。过片三句，向父老申说自己不得不去汝州，并叹息人生无定，来往如梭，表明自己失意坎坷、无法掌握命运的痛苦之情。"待闲看秋风，洛水清波"二句，却从未来着笔瞻望自己即将到达之地，随缘自适思想顿然取代了愁苦之情。一个"闲"字，将上阕哀思愁怀化开，抒情气氛从此变得开朗明澈。从"好在堂前细柳"至篇末，是此词的感情高潮，以对黄州学堂的留恋再次表达了对邻里父老的深厚感情。嘱咐邻里莫折堂前细柳，恳请父老时时为晒渔蓑，言外之意显然是：自己有朝一日还要重返故地，重温这段难忘的生活。此处不明说留恋黄州，而留恋之情早已充溢字里行间。词的下阕，深沉蕴藉，含蓄委婉，情真意切，将惜别、依恋之情表现得动人肺腑，令人回味无穷。

结尾的临别告语，奇峰突起，收束全篇，与上阕的纯真友情相呼应，将惜别之情推向高潮。

东坡词

满江红

江汉西来、
高楼下,
葡萄深碧。
犹自带、
岷峨雪浪,
锦江春色。
君是南山遗爱守,
我为剑外思归客。
对此间、
风物岂无情,
殷勤说。

江表传,
君休读。
狂处士,
真堪惜。
空洲对鹦鹉,
苇花萧瑟。
不独笑书生争底事,
曹公黄祖俱飘忽。
愿使君、
还赋谪仙诗,
追黄鹤。

【赏析】

　　此词是作者贬居黄州期间寄给时任鄂州太守的友人朱守昌的。词中既景中寓情，关照友我双方，又开怀倾诉，谈古论今。作者用直抒胸臆的方式表情达意，既表现出朋友间的深厚情谊，又在发自肺腑的议论中表现自己的内心世界。词中寓情于景，寓情于事，言直意纡，表达出苍凉悲慨、郁勃难平的激情。

上阕由景及情。开篇大笔勾勒，突兀而起，描绘出大江千回万转、浩浩荡荡、直指东海的雄伟气势。江汉，即长江、汉水。长江、汉水自西方奔流直下，汇合于武汉，著名的黄鹤楼在武昌黄鹄山岿然屹立，俯瞰浩瀚的大江。此二句以高远的气势，抓住了当地最有特色的胜景伟观，写出了鄂州的地理特点。"葡萄深碧"化用李白的诗句"遥看汉水鸭头绿，恰似葡萄初酦醅"，形容流经黄鹤楼前的长江呈现出一派葡萄美酒般的深碧之色。以下"犹自带"三字振起，继续以彩笔为江水染色。李白又有"江带峨眉雪"之句（《经乱离后天恩流夜郎忆旧游书怀》）；杜甫《登楼》诗云："锦水江春然来天地"。苏轼在此不仅化用前人诗句，不着痕迹，自然精妙，而且用"葡萄""雪浪""锦江""春色"等富有色彩感的词语，来形容"深碧"的江流，笔饱墨浓，引人入胜。词人将灵和楼前深碧与锦江春色联系起来，不但极富文采飞扬之美，而且透露了他对花团锦簇、充满春意的锦城的无限追恋向往之情，从而为下文"思归"伏笔。以下由景到人，既上接岷江锦水，引动思归之情；又将黄鹤楼与赤壁矶一线相连，触发怀友之思。"对此间、风物岂无情殷勤说"，既总束上阕，又领起下阕，由风景人物引发思归怀古之情。换头两句，劝友人休读三国江左史乘《江表传》。该书多记三国吴事迹，原书今已不传，散见于裴松之《三国志》注中。以愤激语调唤起，恰说明感触很深，话题正要转向三国人物。"狂处士"四句，紧承上文，对恃才傲物、招致杀身之祸的祢衡，表示悼惜。祢衡因忠于汉室，曾不受折辱，大骂曹操，曹操不愿承担杀人之名，故意把他遣送给荆州刺史刘表，刘表又把他转送到江夏太守黄祖手下，后被黄祖所杀，葬于汉阳西南沙洲上。因为祢衡曾撰《鹦鹉赋》，有声名，故后人称此洲为鹦鹉洲。"空洲对鹦鹉，苇花萧瑟"，以萧索之景，寓惋惜之情，意在言外。接着笔锋一转，把讽刺的锋芒指向了迫害文士的曹操、黄祖。"不独笑书生争底事，曹公黄祖俱飘忽"。"争底事"，即争何事，意谓书生何苦与此辈纠缠，以惹祸招灾。残害人才的曹操、黄祖，虽能称雄一时，不也归于泯灭了吗！此句流露出苏轼超然物外、随缘自适的人生态度。收尾三句，就眼前指点，转出正意，希望友人超然于风高浪急的政治漩涡之外，寄意于历久不朽的文章事业，撰写出色的作品来追蹑前贤。李白当年游览黄鹤楼，读到崔颢著名的《黄鹤楼》诗，曾有搁笔之叹，后来他写了《登金陵凤凰台》《鹦鹉洲》等诗，据说都是有意同崔颢竞胜比美的。苏轼借用李白的故事，激励友人写出赶上《黄鹤楼》诗的名作。这既是勉人，又表露出作者对于永恒价值的追求。

这首词由景及情，思乡怀古，由豪入旷，超旷中不失赋诗追黄鹤的豪情壮采，不失对于人生的执着追求。词的上阕，由江汉西来、楼前深碧联想到岷峨雪浪、锦江春色，引出思归之情，又由"葡萄深碧"之江色连接着黄鹤楼和赤壁矶，从而自然地触发怀友之思；下阕由思乡转入怀古，就祢衡被害事抒发议论与感慨，最后又归到使君与黄鹤。全词形散而神不散，大开大合，境界豪放，议论纵横，显示出豪迈雄放的风格和严密的章法结构的统一。一则，它即景怀古，借当地的历史遗迹来评人述事，能使眼中景、意中事、胸中情相互契合；再则，它选用内涵丰富、饶有意趣的历史掌故来写怀，藏情于事，耐人寻味；三则，笔端饱和感情，有一种苍凉悲慨、郁愤不平的激情，在字里行间涌流。

一丛花·初春病起

今年春浅侵年，

冰雪破春妍。

东风有信无人见，

露微意、

柳际花边。

寒夜纵长，

孤衾易暖，

钟鼓渐清圆。

朝来初日半衔山，

楼阁淡疏烟。

游人便作寻芳计，

小桃杏、

应已争先。

衰病少悰，

疏慵自放，

惟爱日高眠。

【赏析】

此词抓住"初春"和病愈初起这一特殊情景和特有的心理感受，描写词人初春病愈后既喜悦又疏慵的心绪。

"今年春浅腊侵年，冰雪破春妍"三句，写春寒犹重，而用蜡侵、雪破表述，起笔便呈新奇。"东风"二句进一步刻画"今年春浅"的特色——不光春来得迟，而且即使"有信"也"无人见"，春天只在"柳际花边"露了此"微意"。这既表现了今年初春的异常，同时也暗中透露了词人特有的乍觉乍喜的心情。此处"微意"和"柳际花边"启人联想，含蕴深细，极见个性。接下去"寒夜"三句,直抒感受和喜悦心情:初春时节,纵然夜寒且长,但已是大地春回,"孤衾易暖"了,就连那报时钟鼓,也觉其音韵"清圆"悦耳。至此,初春乍觉而兴奋之情,极有层次、极细腻地刻画了出来。

下阕前两句写初春晨景,仍贴合着"病起"的特殊景况,只写楼阁中所见所感,"初日半衔山,楼阁淡疏烟。"景象虽不阔大,但色调明丽,充满生机,清新可喜。这既是初春晨景的真实描绘,又符合作者独特的环境和心理感受。以下两句又由眼前景而说到游人郊苑寻芳,进而联想到"小桃杏应已争先"。"争先"即先于其他花卉而开放,此处只说推想,未有实见,还是紧扣"初春病起"的独特情景落笔,写得生动活泼,意趣盎然。这四句与上阕前四句在写法上有所不同,上阕前四句叙事兼写景,景是出以虚笔;下阕四句写景兼叙事,景则有实有虚。这样不但避免了重复呆板,同时也符合词人病起遣兴的逻辑。上阕写日出之前初醒时的感受和心情,故多臆想之辞,病起逢春,自然兴奋愉悦;下阕写日出之后,见到明丽的晨景,故以实笔描画,这既合乎情理,又为下文蓄势。词人由眼前景,自然会联想到寻芳之趣,联想到楼阁之外明媚春光之喜人,因而理应也"作寻芳计"。

最后三句"衰病少悰,疏慵自放,惟爱日高眠",陡然逆转,与前景前情大异其趣。这曲折的波澜,实际上却仍是紧扣"病起"二字。因为尽管春回大地,而病体方起,毕竟少欢乐之趣。"疏慵"对"少悰","爱眠"应"衰病","日高眠"合"寻芳计",这样上文逢春情绪到此处一跌。这种心理上的变化,正是"病起"者特有的,对此,此词表现得刻细腻,真切动人。

这首词在极普通、极寻常的生活感受中,写出了作者的个性、襟怀和心绪,堪称随境兴怀、因题而著、景无不真、情无不诚的佳作。

归朝欢·和苏坚伯固

我梦扁舟浮震泽，

雪浪摇空千顷白。

觉来满眼是庐山，

倚天无数开青壁。

此生长接淅，

与君同是江南客。

梦中游，

觉来清赏，

同作飞梭掷。

明日西风还挂席，

唱我新词泪沾臆。

灵均去后楚山空，

澧阳兰芷无颜色。

君才如梦得，

武陵更在西南极。

竹枝词，

莫徭新唱，

谁谓古今隔。

【赏析】

此词作于绍圣元年（1094）七月，是作者为酬赠阔别多年后又不期而遇的老友苏坚（伯固）而作。词中以雄健的笔调，营造出纯真爽朗、境界阔大、气度昂扬的语境，抒写了作者的浩逸襟怀。全词气象宏阔，情致高健，堪称苏词中写离别的代表之作。词的上阕写作者与伯固同游庐山的所见所感。

起首二句远远宕开一笔,从梦游震泽(即太湖)着笔。"我梦"二字响落天外,神气极旺。千顷白浪翻空摇舞,东坡却棹一叶之扁舟,徜徉于这云水之间,显得那么从容自若。动与静、大与小对强烈而又鲜明,真可谓神来之笔,接下去,笔势一顿,借"觉来"二字转到眼前庐山胜景,只见青山蔚然深秀,千峰峭崹,拔地参天。震泽梦游与庐山清赏,虚实交映,相反相成,给人一种瑰丽多变、目不暇给的感觉。"雪浪摇空","青壁倚天",如此奇丽之景,更是令人神往。然而正当作者陶醉于这种似梦非梦的自然乐趣之中时,一缕悲凉之感却袭上心头,使他又回到了坎坷的现实中来。"此生长接淅"一句是他宦海浮沉的生动概括。"接淅"本于《孟子·万章下》"孔子之去齐,接淅而行",说孔子去齐国的途中淘米烧饭,不等把米淘完、沥干,带起就走,言其匆遽狼狈之状。此处用典,写东坡一生屡遭贬黜,充满了艰难挫折,这暂时的游赏,难以愈合他心灵之伤。"与君同是江南客",上应"接淅",写彼此之飘蓬,下启"飞梭",言清欢之短暂。"梦中"三句收束前片,说迷离幻象、湖山清景,俱如飞梭过眼,转瞬即逝了。

过片另起一意,写对伯固的勉励。东坡与伯固交谊笃厚,曾叙宗盟,每遇离别,必有所作。只是此词作于衰暮,前程艰险,后会有期,故语气较前沉痛。苏伯固赴任澧阳,大概也不是愉快的差使,所以东坡要用迁客骚人的典实来慰勉伯固。"明日"两句,点出送别。"挂席"即"挂帆"。扬帆西去,指苏坚的去处。随着西去的征帆,作者心随帆驶,由地及人,联想到在那里行吟漂泊过的屈原。"灵均"即屈原的别名。"澧阳兰芷"即沅芷澧兰,这些散发着屈原人格光辉的香草,也因为伟人的逝去而憔悴无华了。"灵均"从反面落笔,映衬与屈原并光辉的品格,二句同时又隐约地流露出希望苏坚追踵前贤,能写出使山川增色的作品来。"君才"以下各句,援引刘禹锡的故事,从正面着笔,写出了对苏坚的期望。刘禹锡因参加王叔文革新集团,贬为朗州司马,在武陵一带生活了十年,后来又到夔州任刺史。在夔州,他效屈原居沅湘间依当地迎神舞曲作《九歌》的精神,用巴渝民歌《竹枝》曲调创作了九首《竹枝词》,对词体的发展起了积极的作用。东坡即以此鼓励老友,期望他在逆境中奋起,像屈原、刘禹锡那样写出光耀古今的作品来。"君才"二句,充满了期望,意谓:你的才华不减梦得,他谪居的武陵在这里的西南远方，又和你所要去的澧阳同是莫徭（部分瑶族的古称）聚居之地，到了那边便可接续刘梦得的余风，创作出可与刘禹锡的《竹枝词》媲美的"莫徭新唱"来，让这个寂寞已久的澧浦夷山，能重新鸣奏出诗的合唱，与千古名贤后先辉映。"谁谓古今隔"，语出谢灵运《七里濑》诗："谁谓古今殊，异代可同调。"东坡略加剪裁，用以煞尾，便有精彩倍增之妙。这首词豪放而不失空灵，直抒胸臆而又不流于平直，是一篇独具匠心的佳作。

木兰花令·次欧公西湖韵

霜余已失长淮阔，
空听潺潺清颍咽。
佳人犹唱醉翁词，
四十三年如电抹。

草头秋露流珠滑，
三五盈盈还二八。
与余同是识翁人，
惟有西湖波底月！

【赏析】

  这首词是苏轼五十六岁时为怀念恩师欧阳修而作。全词景中生情，情中含景，情景交融，意境幽深，意绪凄婉，抒发了作者由悲秋而怀人伤逝的深沉思绪，读来令人一咏三叹，感慨不已。

  上阕写自己泛舟颍河时触景生情。作者于当年八月下旬到达颍州，时已深秋，故称"霜余"。深秋是枯木季节，加上那年江淮久旱，淮河也就失去盛水季节那种宏阔的气势，这是写实。第二句"空听潺潺清颍咽"的"清颍"写的也是实情。"咽"字写出了水浅声低的情景。水涨水落，水流有声，这本是自然现象，但词人却说水声潺潺是颍河在幽咽悲切，这是由于他当时沉浸在怀念恩师欧阳修的思绪中。此句移情于景，使颍河人格化了。接下来一句"佳人犹唱醉翁词，""醉翁词"是指欧阳修在宋仁宗皇祐元年（1049）知颍州到晚年退休居疑时所作词如组词《采桑子》等，当时以其疏隽雅丽的独特风格盛传于世。而数十年之后，歌女们仍在传唱，足见"颍人思公"。这不光是思其文采风流，更重要的是思其为政"宽简而不扰民"。欧阳修因支持范仲淹的政治革新而被贬到滁州、扬州、颍州等地，但他能兴利除弊，务农节用，曾奏免黄河夫役万人，用以疏浚颍州境内河道和西湖，使"焦陂下与长淮通"，西湖遂"擅东颍之佳名"。因此人民至今仍在怀念他，传唱他的词和立祠祭祀，就是最好的说明。苏轼推算，他这次来颍州，上距欧公知颍州已四十三年了，岁月流逝，真如电光一闪而过，因此下一句说"四十三年如电抹"。

词的下阕写月出波心而生的感慨和思念之情。过片言人生如"草头秋露"，明澈圆润，流转似珠，却倏忽而逝。下面的"三五盈盈还二八"是借用谢灵运《怨晓月赋》"昨三五兮既满，今二八兮将缺"，意思是十五的月亮晶莹圆满，而到了二八即十六，月轮就要缺一分了，可见生命短促，人生无常。最后两句"与余同是识翁人，惟有西湖波底月"，结合自己与欧阳修的交情，以及欧阳修与颍州西湖的渊源，抒发对恩师的缅怀之情，写得情真意切、深沉哀婉。句意承露消月缺而下，言自欧公守颍以后四十三年，不料欧公早逝，即使当年识翁之人，今存者亦已无多，眼前在者，只有自己，以及西湖波底之月而已。写自己"识翁"，融合了早年知遇之恩、师生之谊、政见之相投、诗酒之欢会，尤其是对欧公政事道德文章之钦服种种情事。而西湖明月之"识翁"，则是由于欧公居颍时常夜游西湖，波底明月对他特别熟悉。

这首词，委婉深沉，清丽凄恻，情深意长，空灵飘逸，语出凄婉，幽深的秋景与心境浑然一体。结尾写波底之月，以景结情，传达出因月光之清冷孤寂而生的悲凉伤感。全词在一派淡泊、凄清的秋水月色中化出淡淡的思念和叹惋，因景而生怀人之情，悲叹人生无常，令人感慨万千，怅然若失。它像一支充溢淡淡忧伤的小夜曲，袅袅地流进了读者的心田。

东坡词

中国古典名著精华

临江仙·送钱穆父

一别都门三改火，

天涯踏尽红尘。

依然一笑作春温。

无波真古井，

有节是秋筠。

惆怅孤帆连夜发，

送行淡月微云。

樽前不用翠眉颦。

人生如逆旅，

我亦是行人。

【赏析】

　　这首词是宋哲宗元祐六年春苏轼知杭州时，为送别自越州（今浙江绍兴）北徙途经杭州的老友钱穆父（名勰）而作。全词一改以往送别诗词缠绵感伤、哀怨愁苦或慷慨悲凉的格调，创新意于法度之中，寄妙理于豪放之外，议论风生，直抒性情，写得既有情韵，又富理趣，充分体现了作者旷达洒脱的个性风貌。词人对老友的眷眷惜别之情，写得深沉细腻，婉转回互，一波三折，动人心弦。

　　词的上阕写与友人久别重逢。元祐初年，苏轼在朝为起居舍人，钱穆父为中书舍人，器类相善，友谊甚笃。元祐三年穆父出知越州，都门帐饮时，苏轼曾赋诗赠别。岁月如流，此次在杭州重聚，已是别后的第三个年头了。三年来，穆父奔走于京城、吴越之间，此次又远赴瀛州，真可谓"天涯踏尽红尘"。分别虽久，可情谊弥坚，相见欢笑，犹如春日之和煦。更为可喜的是友人与自己都能以道自守，保持耿介风节，借用白居易《赠元稹》诗句来说，即

"无波古井水，有节秋竹竿"。作者认为，穆父出守越州，同自己一样，是由于在朝好议论政事，为言官所攻。以上数句，先从时间着笔，回忆前番离别，再就空间落墨，概述仕宦生涯，接下来抒发作者对仕宦失意、久处逆境所持的达观态度，并用对偶连喻的句式，通过对友人纯一道心、保持名节的赞颂，表明了自己淡泊的心境和坚贞的操守。词的上阕既是对友人辅君治国、坚持操守的安慰和支持，也是词人半生经历、松柏节操的自我写照，是词人的自勉自励，寓有强烈的身世之感。明写主，暗寓客；以主为客，客与主同，表现出作者与友人肝胆相照，志同道合。

　　词的下阕切入正题，写月夜送别友人。"惆怅孤帆连夜发，送行淡月微云"一句，描绘出一种凄清幽冷的氛围，渲染了作者与友人分别时抑郁无欢的心情。"樽前不用翠眉颦"一句，由哀愁转为旷达、豪迈，说离宴中歌舞相伴的歌妓用不着为离愁别恨而哀怨。这一句，其用意一是不要增加行者与送者临别的悲感，二是世间离别本也是常事，则亦不用哀愁。这二者似乎有矛盾，实则可以统一在强抑悲怀、勉为达观这一点上，这符合苏轼在宦途多变之后锻炼出来的思想性格。词末二句言何必为暂时离别伤情，其实人生如寄，李白《春夜宴从弟桃花源序》云："夫天地者，万物之逆旅也，光阴者，百代之过客也。"既然人人都是天地间的过客，又何必计较眼前聚散和江南江北呢？词的结尾，以对友人的慰勉和开释胸怀总收全词，既动之以情，又揭示出得失两忘、万物齐一的人生态度。

　　苏轼一生虽积极入世，具有鲜明的政治理想和政治主张，但另一方面又受老庄及佛家思想影响颇深，每当官场失意、处境艰难时，他总能"游于物之外"，"无所往而不乐"，以一种恬淡自安、闲雅自适的态度来应对外界的纷纷扰扰，表现出超然物外、随遇而安的旷达、洒脱情怀。这首送别词中的"一笑作春温""樽前不用翠眉颦。人生如逆旅，我亦是行人"等句，是苏轼这种豪放性格、达观态度的集中体现。然而在这些旷达之语的背后，仍能体察出词人对仕宦浮沉的淡淡惆怅，以及对身世飘零的深沉慨叹。

临江仙

忘却成都来十载，
因君未免思量。
凭将清泪洒江阳。
故山知好在，
孤客自悲凉。

坐上别愁君未见，
归来欲断无肠。
殷勤且更尽离觞。
此身如传舍，
何处是吾乡！

【赏析】

此词将送别的惆怅、悼亡的悲痛、政治的失意、乡思的愁闷交织在一起，表达了词人极度伤感悲苦的心绪。词的上阕写悲苦的由来、发展和不能自己的情状，下阕写送别的情怀及内心的自我排遣。

开头两句"忘却成都来十载，因君未免思量"，写的是作者十年来对亡妻的彻骨相思。苏轼爱妻王弗自至和元年(1054)嫁到苏家以后，一直很细心地照顾着丈夫的生活。苏轼于婚后五年开始宦游生涯，王弗便在苏轼身边充当贤内助。苏轼性格豪爽，毫无防人之心，王弗有时还要提醒丈夫提防那些惯于逢迎的所谓"朋友"，夫妻感情极为深笃。不料到治平二年(1065)，王弗突然染病身亡，年仅二十六岁。这对苏轼来说，打击非常之大。为了摆脱悲痛的缠绕，他只好努力设法"忘却"过去的一切。而大凡人之至情，越是要"忘却"，越是不易忘却。从王弗归葬眉山至妻弟王缄到钱塘看望苏轼，其间相隔正好"十载"，这"十载"苏轼没有一年不再想念王弗。"忘却"所起的作用不过是把纷繁堆积得难以忍受的悲痛，化为长久的有节制的悲痛而已。但是王缄的到来，一下子勾起了往日的回忆；日渐平复的感情创伤重又陷入了极度的痛楚之中。"凭将清泪洒江阳"，这句的意思是：今日送别，请你将我伤心之泪带回家乡，洒向江头一吊。王缄此来，与苏轼盘桓数日，苏轼得知"故山好在"，自感宽慰，但又觉得自己宦迹飘零，赋归无日，成为天涯孤客，于是，不禁悲从中来。所谓"悲凉"，意蕴颇丰。苏轼当时因为与变法派政见不合而被迫到杭州任通判，内心本来就有一种压抑、孤独之感，眼下与乡愁、旅思及丧妻之痛搅混在一起，其心情之坏，更是莫可名状了。

过片"坐上别愁君未见，归来欲断无肠"，切入送别的词旨。毋庸置疑，王缄的到来，在苏轼悲凉的感情中多少增添了几分暖意，而现在王缄又要匆匆离去，作者自然感到难以为怀了，于是国忧、乡思、家恨，统统融进了"别愁"之中，从而使这别愁的分量更有千钧之重。"归来欲断无肠"，是说这次相见之前及相见之后，愁肠皆已断尽，以后虽再遇伤心之事，亦已无肠可断了。"殷勤且更尽离觞"一句，意在借酒浇愁，排遣离怀，而无可奈何之意，亦溢于言表。

结尾两句，苏轼吐露将整个人生一切看破之意。《汉书·盖宽饶传》云："富贵无常，忽则易人。此如传舍，阅人多矣。"本词"此身如传舍"一句借用上述典故而略加变通，以寓"人生如寄"之意。又《列子·天瑞篇》云："古者谓死人为归人。夫言死人为归人，则生人为行人矣。行而不知归，失家者也。"歇白"何处是吾乡"暗用其意。对此，顾随评曰："人有丧其爱子者，既哭之痛，不能自堪，遂引石孝友《西江月》词句，指其子之棺而詈之曰：'譬似当初没你。'常人闻之，或谓其彻悟，识者闻之，以为悲痛之极致也。此词结尾二句与此正同。"

临江仙

夜饮东坡醒复醉，
归来仿佛三更。
家童鼻息已雷鸣。
敲门都不应，
倚杖听江声。

长恨此身非我有，
何时忘却营营！
夜阑风静縠纹平。
小舟从此逝，
江海寄余生。

【赏析】

　　这首词作于神宗元丰五年，即东坡黄州之贬的第三年。全词风格清旷而飘逸，写作者深秋之夜在东坡雪堂开怀畅饮，醉后返归临皋住所的情景，表现了词人退避社会、厌弃世间的人生理想、生活态度和要求彻底解脱的出世意念。

　　上阕首句"夜饮东坡醒复醉"，一开始就点明了夜饮的地点和醉酒的程度。醉而复醒，醒而复醉，当他回临皋寓所时，自然很晚了。"归来仿佛三更"，"仿佛"二字，传神地画出了词人醉眼蒙眬的情态。这开头两句，先一个"醒复醉"，再一个"仿佛"，就把他纵饮的豪兴淋漓尽致地表现出来了。接着，下面三句，写词人已到寓所、在家门口停留下来的情景："家童鼻息已雷鸣。敲门都不应，倚杖听江声。"走笔至此，一个风神潇洒的人物形象，一位襟怀旷达、遗世独立的"幽人"跃然纸上，呼之欲出。其间浸润的，是一种达观的人生态度，一种超旷的精神世界，一种独特的个性和真情。上阕以动衬静，以有声衬无声，通过写家僮鼻息如雷和作者谛听江声，衬托出夜静人寂的境界，从而烘托出历尽宦海浮沉的词人心事之浩茫和心情之孤寂，使人遐思联翩，从而为下阕当中作者的人生反思作好了铺垫。

下阕一开始，词人便慨然长叹道："长恨此身非我有，何时忘却营营？"这奇峰突起的深沉喟叹，既直抒胸臆又充满哲理意味，是全词枢纽。以上两句精粹议论，化用庄子"汝身非汝有也""全汝形，抱汝生，无使汝思虑营营"之言，以一种透彻了悟的哲理思辨，发出了对整个存在、宇宙、人生、社会的怀疑、厌倦、无所希冀、无所寄托的深沉喟叹。这两句，既饱含哲理又一任情性，表达出一种无法解脱而又要求解脱的人生困惑与感伤，具有震撼人心的力量。

词人静夜沉思，豁然有悟，既然自己无法掌握命运，就当全身免祸。顾盼眼前江上景致，是"夜阑风静縠纹平"，心与景会，神与物游，为如此静谧美好的大自然深深陶醉了。于是，他情不自禁地产生脱离现实社会的浪漫主义的遐想，唱道："小舟从此逝，江海寄余生。"他要趁此良辰美景，驾一叶扁舟，随波流逝，任意东西，他要将自己的有限生命融化在无限的大自然之中。"夜阑风静縠纹平"，表面上看来只是一般写景的句子，其实不是纯粹写景，而是词人主观世界和客观世界相契合的产物。它引发出作者心灵痛苦的解脱和心灵矛盾的超越，象征着词人追求的宁静安谧的理想境界，接以"小舟"两句，自是顺理成章。苏东坡政治上受到沉重打击之后，思想几度变化，由入世转向出世，追求一种精神自由、合乎自然的人生理想。在他复杂的人生观中，由于杂有某些老庄思想，因而在痛苦的逆境中形成了旷达不羁的性格。"小舟从此逝，江海寄余生"，这余韵深长的歇拍，表达出词人潇洒如仙的旷达襟怀，是他不满世俗、向往自由的心声。

宋人笔记中传说，苏轼作了上词之后，"挂冠服江边，拿舟长啸去矣。郡守徐君猷闻之惊且惧，以为州失罪人，急命驾往谒，则子瞻鼻鼾如雷，犹未兴也"，根本未去"江海寄余生"。这则传说，生动地反映了苏轼求超脱而未能的人生遭际。

西江月

三过平山堂下，
半生弹指声中。
十年不见老仙翁，
壁上龙蛇飞动。

欲吊文章太守，
仍歌杨柳春风。
休言万事转头空，
未转头时是梦。

【赏析】

　　平山堂位于扬州西北的大明寺侧，乃欧阳修庆历八年（1048）知扬州时所建。宋神宗元丰二年（1079）四月，苏轼自徐州调知湖州，生平第三次经过平山堂。这时距苏轼和其恩师欧阳修最后一次见面已达九年，而欧阳修也已逝世八年。适逢自己政治处境艰难，苏轼为重游故地、缅怀恩师而作的这首词，自然会有抚今追昔的万千感慨。

　　词的上阕写瞻仰欧词手迹而生的感慨。作者对他的恩师欧阳修怀有深挚的情谊，此刻置身于欧公所建的平山堂，自然思绪万千。"三过平生堂下"，是说自己此番已是第三次登临此堂了。此前，熙宁四年（1071）他离京任杭州通判，熙宁七年由杭州移知密州，都曾途经扬州，来平山堂凭吊恩师。"半生弹指声中"，是作者抚今追昔，感慨岁月蹉跎、遭遇坎坷、人生如梦。"十年不见老翁"，是说十年前作者曾与欧阳公欢聚，不料此次聚会竟成永诀，次年恩师就仙逝了。"壁上龙蛇飞动"，是说欧公虽早已仙去，但平山堂壁上仍刻有他亲书手迹，其中有他的词《朝中措·送刘仲原甫出守维扬》："平山栏槛倚晴空，山色有无中。手中堂前垂柳，别来几度春风。文章太守，挥毫万字，一饮千盅。行乐直须年少，尊前看取衰翁"。瞻仰壁间欧公遗草，只觉龙蛇飞动，令人发扬蹈厉。此句以景衬情，睹物思人，令人为人生无常而感慨万千，低回不已。

词的下阕写听唱欧词而生感慨。作者由过平山堂睹物思人，想及欧阳恩师的某些事迹，感念他的恩德；又由自己的坎坷经历想到恩师的某些遭遇，因此，当他凭吊逝者，目睹平山堂前恩师手植的"欧公柳"，耳闻歌女演唱欧词，自然会生发万千感慨。白居易说："百年随手过，万事转头空"。苏轼则比之有更深层次的认识："休言万事转头空，未转头时是梦"。欧公仙逝了，固然一切皆空，而活在世上的人，又何尝不是在梦中，终归一切空无。

苏轼受佛家思想影响颇深，习惯用佛家的色空观念看待事物。白居易诗云"百年随手过，万事转头空"，苏轼则更进一步认识到"休言万事转头空，未转头时是梦。"这种对整体人生的空幻、悔悟、淡漠感，这种携带某种禅意玄思的人生偶然的感喟，其中深深地埋藏着某种要求彻底解脱的出世意念。苏词中传达的这种独特的人生态度，是解读其作品的关键所在。

东坡词

西江月

世事一场大梦,
人生几度新凉?
夜来风叶已鸣廊,
看取眉头鬓上。

酒贱常愁客少,
月明多被云妨。
中秋谁与共孤光,
把盏凄然北望。

【赏析】

　　这首词反映了作者谪居后的苦闷心情,词调较为低沉、哀婉,充满了人生空幻的深沉喟叹。具体写作年代,大概是元丰三年(1080)。

　　词的上阕写感伤,寓情于景,咏人生之短促,叹壮志之难酬。下阕写悲愤,借景抒情,感世道之险恶,悲人生之寥落。在苏轼的几首中秋词中,本篇自有其特色。

　　上阕的起句"世事一场大梦,人生几度新凉",感叹人生的虚幻与短促,发端便词。以梦喻世事,不仅包含了不堪回首的辛酸往事,还概括了对整个人生的纷纷扰扰究竟有何目的和意义这一问题的怀疑、厌倦和企求解脱与舍弃。"人生几度新凉",有对于逝水年华的无限惋惜和悲叹。"新凉"二字照应中秋,句中数量词兼疑问词"几度"的运用,

　　低回唱叹,更显示出人生的倏忽之感。三、四句"夜来风叶已鸣廊,看取眉头鬓上",紧承起句,进一步唱出了因时令风物而引起的人生惆怅。作者撷取秋风萧瑟、落叶纷飞这两个典型秋色秋景,借寒暑的易替,叹时光易逝、容颜将老、壮志难酬,以哀婉的笔调道出无法摆脱人生烦忧的怅惘之情。

下阕写独自一人于异乡把盏赏月的孤寂处境和伤时感事的思绪。"酒见常愁客少",委婉地点出作者遭贬斥后势利小人避之如水火的情形;"月明多被云妨",隐喻奸人当道,排斥善类,忠而被谤,因谗遭贬。以上两句,流露出词人对世态炎凉的感愤,包含的情感非常丰富:有念怀亲人的无限情思,有对国事的忧虑和对群小当道的愤懑,有渴望朝廷理解、重用的深意,也有难耐的孤寂落寞和不被世人理解的苦痛凄凉。

这一结拍,是一个天涯沦落人带着血泪的人生呐喊与宣泄。它巨大的悲剧力量,确乎令人荡气回肠。以景寓情,情景交融,是这首中秋词的艺术特色。全词通过对新凉风叶、孤光明月等景物的描写,将吟咏节序与感慨身世、抒发悲情紧密结合起来,由秋思及人生,触景生情,感慨悲歌,情真意切,令人回味无穷。

东坡词

西江月

　　顷在黄州,春夜行蕲水中,过酒家饮,酒醉,乘月至一溪桥上,解鞍,由肱醉卧少休。及觉已晓,乱山攒拥,流水锵然,疑非尘世也。书此语桥柱上。

照野弥弥浅浪,
横空隐隐层霄。
障泥未解玉骢骄,
我欲醉眠芳草。

可惜一溪风月,
莫教踏碎琼瑶。
解鞍敧枕绿杨桥,
杜宇一声春晓。

【赏析】

　　这首寄情山水的词,作于苏轼贬谪黄州期间。作者在词中描绘出一个物我两忘、超然物外的境界,把自然风光和自己的感受融为一体,在诗情画意中表现自己心境的淡泊、快适,抒发了他乐观、豁达、以顺处逆得襟怀。

　　上阕头两句写归途所见:"照野弥弥浅浪,横空隐隐层霄。"弥弥,是水盛的样子;层霄,即层云。春夜,词人在蕲水边骑马而行,经过酒家饮酒,醉后乘着月色归去,经过一座溪桥。由于明月当空,所以才能看见清溪在辽阔的旷野流过。先说"照野",突出地点明了月色之佳。用"弥弥"来形容"浅浪",就把春水涨满、溪流汩汩的景象表现出来了。"横空",写出了天宇之广。说云层隐隐约约在若有若无之间,更映衬了月色的皎洁。此两句暗写月光。

"障泥未解玉骢骄"，是说那白色的骏马忽然活跃起来，提醒他的主人：要渡水了！障泥，是用锦或布制作的马荐，垫在马鞍之下，一直垂到马腹两边，以遮尘土。词人在这里只是写了坐骑的神态，便衬托出濒临溪流的情景。此时，词人不胜酒力，从马上下来，等不及卸下马鞍鞯，即欲眠于芳草。"我欲醉眠芳草"，既写出了浓郁的醉态，又写了月下芳草之美以及词人因热爱这幽美的景色而产生的喜悦心情。过片二句，明写月色，描绘从近处观赏到的月照溪水图，更进一步抒发迷恋、珍惜月色之佳的心情："可惜一溪风月，莫教踏碎琼瑶"。琼瑶，是美玉，这里比做皎洁的水上月色。可惜，是可爱的意思。这里用的修辞手法是"借喻"，径以月色为"琼瑶"。此句以独特感受和精切的比喻，传神地写出水之清、月之明、夜之静、人之喜悦赞美。"解鞍敧枕绿杨桥"，写词人用马鞍作枕，倚靠着它斜卧在绿杨桥上"少休"。这一觉当然睡得很香，及至醒来，"杜宇一声春晓"，通过描写杜鹃在黎明的一声啼叫，把野外春晨的景色作了画龙点睛的提示。这一结尾，余音袅袅，回味无穷，生动地表现了空山月明、万籁俱寂的春晨之美。

作者以空山明月般澄澈、空灵的心境，描绘出一幅富有诗情画意的月夜人间仙境图，把自己的身心完全融化到大自然中，忘却了世俗的荣辱得失和纷纷扰扰，表现了自己与造化神游的畅适愉悦，读来回味无穷，令人神往。

东坡词

中国古典名著精华

西江月

玉骨那愁瘴雾，

冰肌自有仙风。

海仙时遣探芳丛，

倒挂绿毛幺凤。

素面常嫌粉浣，

洗妆不褪唇红。

高情已逐晓云空，

不与梨花同梦。

【赏析】

　　这首词明为咏梅，暗为悼亡，是苏轼为悼念毅然随自己贬谪岭南惠州的侍妾朝云而作。词中所描写的惠州梅花，实为朝云美丽的姿容和高洁的人品的化身。词的上阕写惠州梅花的风姿、神韵。起首两句，突兀而起，说惠州的梅花生长在瘴疠之乡，却不怕瘴气的侵袭，是因着它有冰雪般的肌体、神仙般的风致。接下来两句说它的仙姿艳态，引起了海仙的羡爱，海仙经常派遣使者来到花丛中探望；这个使者，原来是倒挂在树上的绿毛小鸟（状如幺凤）。以上数句，传神地勾勒出岭南梅花超尘脱俗的风韵。下阕追写梅花的形貌。"素面常嫌粉浣"，岭南梅天然洁白的容貌，是不屑于用铅粉来妆饰的；施了铅粉，反而掩盖了它的自然美容。岭南的梅花，花叶四周皆红，即使梅花谢了（洗妆），而梅叶仍有红色（不褪唇红），称得上是绚丽多姿，大可游目骋情。面对着这种美景的东坡，却另有怀抱："高情已逐晓云空，不与梨花同梦"。东坡慨叹爱梅的高尚情操已随着晓云而成空无，已不再梦见梅花，不像王昌龄梦见梨花云那样做同一类的梦了。句中"梨花"即"梨花云"，"云"字承前"晓云"而来。晓与朝叠韵同义，这句里的"晓云"，可以认为是朝云的代称，透露出这首词的主旨所在。

　　这首咏梅词空灵蕴藉,言近旨远,给人以深深的遐思。词虽咏梅,实有寄托,其中蕴有对朝云的一往情深和无限思恋。作者既以人拟花,又借比喻以花拟人,无论是写人还是写花都妙在得其神韵。张贵《词源》论及咏物词时指出:"体物稍真,则拘而不畅;蓦写差远,则晦而不明。要须收纵联密,用事合题,一段意思,全在结句,斯为绝妙。"以这一标准来衡量此词,可以窥见其高超的艺术技巧。

东坡词

鹧鸪天

林断山明竹隐墙，
乱蝉衰草小池塘。
翻空白鸟时时见，
照水红蕖细细香。

村舍外，古城旁，
杖藜徐步转斜阳。
殷勤昨夜三更雨，
又得浮生一日凉。

【赏析】

此词为东坡贬谪黄州时所作，是他当时乡间幽居生活的写照。词中所表现的，是作者雨后游赏的欢快、闲适心境。

上阕写景，写的是夏末秋初雨后村舍周围的景色。开头两句，由远而近，描绘自己身处的具体环境：远处郁郁葱葱的树林尽头，有高山耸入云端，清晰可见。近处，丛生的翠竹，像绿色的屏障，围护在一所墙院周围。这所墙院，正是词人的居所。靠近院落，有一个池塘，池边长满枯萎的衰草。蝉声四起，叫声乱成一团。在这两句词中，既有远景，又有近景；既有动景，又有静景；意象开阔，层次分明。作者运用拟人、拟物手法，传神地运用"断""隐""明"这三个主观色彩极强的形容词，把景物写得活灵活现，栩栩如生。

三四两句，含意更深邃。在宏廓的天空，不时地能看到白鸟在飞上飞下，自由翱翔。满池荷花，映照绿水，散发出柔和的芳香。意境如此清新淡雅，似乎颇有些诗情画意；并且词句对仗，工整严密。芙蕖是荷花的别名。"细细香"，描写得颇为细腻，是说荷花散出的香味，不是扑鼻的浓烈香气，而是宜人的淡淡芳香。这两句写景有色有香，有动有静，空中与地上两组景象相得益彰，组成一幅相映成趣的美丽图卷。过片写作者太阳西下时手拄藜杖缓步游赏，表现他自得其乐的隐逸生活。这三句似人物素描画，通过外部形象显示其内心世界，也是高明的手法。最后两句，是画龙点睛之笔。词句的大意是：天公饶有情意似的，昨夜三更时分下了一场好雨，使得他又度过了凉爽的一天。"殷勤"二字，是拟人化手法。"浮生"二字，化用《庄子·刻意》"其生若浮，其死若休"句意。这两句，抒发了作者乘兴游赏的盎然喜情。

这首词先写作者游赏时所见村景，接着才点明词中所写之游赏和游赏所见均因昨夜之雨而引起，抒发自己雨后得新凉的喜悦。这种写法，避免了平铺直叙，读来婉转蕴藉，回味无穷。

定风波

常羡人间琢玉郎，
天应乞与点酥娘。
自作清歌传皓齿，
风起，
雪飞炎海变清凉。

万里归来年愈少，
微笑，
笑时犹带岭梅香。
试问岭南应不好？
却道，
此心安处是吾乡。

【赏析】

　　苏轼的好友王巩(字定国)因受苏轼遭杀身之祸的"乌台诗案"牵连，被贬谪到地处岭南荒僻之地的宾州。王定国受贬时，其歌妓柔奴毅然随行到岭南。元丰六年(1083)王巩北归，出柔奴(别名寓娘)为苏轼劝酒。苏问及广南风土，柔奴答以"此心安处，便是吾乡"。苏轼听后，大受感动，作此词以赞。词中以明洁流畅的语言，简练而又传神地刻画了柔奴外表与内心相统一的美好品性，通过歌颂柔奴身处逆境而安之若素的可贵品格，抒发了作者在政治逆境中随遇而安、无往不快的旷达襟怀。

　　上阕总写柔奴的外在美，开篇"常羡人间琢玉郎，天应乞与点酥娘"，描绘柔奴的天生丽质、晶莹俊秀，使读者对她的外貌有了一个比较完整、真切而又寓于质感的印象。第三句"自作清歌传皓齿，风起，雪飞炎海变清凉。"这句的意思是：柔奴能自作歌曲，清亮悦耳的歌声从她芳洁的口中传出，令人感到如同风起雪飞,使炎暑之地一变而为清凉之乡,使政治上失意的主人变忧郁苦闷、浮躁不宁而为超然狂放、恬静安详。苏词豪放杰出,往往驰骋想象,构成奇美的境界,这里对"清歌"的夸张描写,表现了柔奴歌声独特的艺术效果。"诗言志,歌咏言","哀乐之心感,而歌咏之声发",美好超旷的歌声发自于美好超旷的心灵。这是赞其高超的歌技,更是颂其广博的胸襟,笔调空灵蕴藉,给人一种旷远清丽的美感。

下阕通过写柔奴的北归,刻画其内在美。换头承上启下,先勾勒她的神态容貌:"万里归来年愈少。"岭南艰苦的生活她甘之如饴,心情舒畅,归来后容光焕发,更显年轻。"年愈少"多少带有夸张的成分,洋溢着词人赞美历险若夷地女性的热情。"微笑"二字,写出了柔奴在归来后的欢欣中透露出的度过艰难岁月的自豪感。"岭梅",指大庾岭上的梅花;"笑时犹带岭梅香",表现出浓郁的诗情,既写出了她北归时经过大庾岭这一沟通岭南岭北咽喉要道的情况,又以斗霜傲雪的岭梅喻人,赞美柔奴克服困难的坚强意志,为下边她的答话作了铺垫。最后写到词人和她的问答。先以否定语气提问:"试问岭南应不好?""却道"陡转,使答语"此心安处是吾乡"更显铿锵有力,警策隽永。白居易《初出城留别》中有"我生本无乡,心安是归处",《种桃杏》中有"无论海角与天涯,大抵心安即是家"等语,苏轼的这句词,受白诗的启发,但又明显地带有王巩和柔奴遭遇的烙印,有着词人的个性特征,完全是苏东坡式的警语。它歌颂柔奴随缘自适的旷达与乐观,同时也寄寓着作者自己的人生态度和处世哲学。

这首词不仅刻画了歌女柔奴的姿容和才艺,而且着重歌颂了她的美好情操和高洁人品。柔中带刚,情理交融,空灵清旷,细腻柔婉,是这首词的风格所在。

定风波·红梅

好睡慵开莫厌迟。

自怜冰脸不时宜。

偶作小红桃杏色，

闲雅，

尚余孤瘦雪霜姿。

休把闲心随物态，

何事，

酒生微晕沁瑶肌。

诗老不知梅格在，

吟咏，

更看绿叶与青枝。

【赏析】

此词是作者贬谪黄州期间，因读北宋诗人石延年《红梅》一诗有感而作。这首词紧扣红梅既艳如桃李又冷若冰霜、傲然挺立的独特品格，抒发了自己达观超脱的襟怀和不愿随波逐流的傲骨。全词托物咏志，物我交融，浑然无际，清旷灵隽，含蓄蕴藉，堪称咏物词中之佳作。

词开篇便出以拟人手法，花似美人，美人似花，饶有情致。"好睡慵开莫厌迟"，"慵开"指花，"好睡"拟人，"莫厌迟"，绾合花与人而情意宛转。此句既生动传神地刻画出梅花的玉洁冰清、不流时俗，又暗示了梅花的孤寂、艰难处境，赋予红梅以生命和情感。

"偶作小红桃杏色，娴雅，尚余孤瘦雪霜姿。"这三句是"词眼"，绘形绘神，正面画出红梅的美姿丰神。"小红桃杏色"，说她色如桃杏，鲜艳娇丽，切红梅的一个"红"字。"孤瘦雪霜姿"，说她斗雪凌霜，归结到梅花孤傲瘦劲的本性。"偶作"一词上下关联，天生妙语。不说红梅天生红色，却说美人因"自怜冰脸不时宜"，才"偶作"红色以趋时风。但以下之意立转，虽偶露红妆，光彩照人，却仍保留雪霜之资质，依然还她"冰脸"本色。形神兼备，尤贵于神，这才是真正的"梅格"！

下阕三句继续对红梅作渲染，笔转而意仍承。"休把闲心随物态"，承"尚余孤瘦雪霜姿"；"酒生微晕沁瑶肌"，承"偶作小红桃杏色"。"闲心""瑶肌"，仍以美人喻花，言心性本是闲淡雅致，不应随世态而转移；肌肤本是洁白如玉，何以酒晕生红？"休把"二字一责，"何事"二字一诘，其所若有憾焉，其意仍为红梅作回护。"物态"，指桃杏娇柔媚人的春态。红梅本具雪霜之质，不随俗作态媚人，虽呈红色，形类桃杏，乃是如美人不胜酒力所致，未曾堕其孤洁之本性。石氏《红梅》诗云"寒心未肯随春态，酒晕无端上玉肌"，其意昭然。这里是词体，故笔意婉转，不像做诗那样明白说出罢了。下面"诗老不知梅格在"，补笔点明，一纵一收，回到本意。红梅之所以不同于桃杏者，岂在于青枝绿叶之有无哉！这正是东坡咏红梅之慧眼独具、匠心独运处，也是他超越石延年《红梅》诗的真谛所在。

此词着意刻绘的红梅，与词人另一首词中"拣尽寒枝不肯栖"的缥缈孤鸿一样，是苏轼身处穷厄而不苟于世、洁身自守的人生态度的写照。花格、人格的契合，造就了作品超绝尘俗、冰清玉洁的词格。

此词的突出特点是熔状物、抒情、议论于一炉，并通过意境表达作者的思想感情。词中红梅的独特风流标格，正是词人超尘拔俗的人品的绝妙写照。

中国古典名著精华

少年游

润州作,代人寄远

去年相送,

余杭门外,

飞雪似杨花。

今年春尽,

杨花似雪,

犹不见还家。

对酒卷帘邀明月,

风露透窗纱。

恰似姮娥怜双燕,

分明照、画梁斜。

【赏析】

　　宋神宗熙宁七年(1074)三月底、四月初,任杭州通判的苏轼因赈济灾民而远在润州时(今江苏镇江)。为寄托自己对妻子王润之的思念之情,他写下了这首词。此词是作者假托妻子在杭思己之作,含蓄婉转地表现了夫妻双方的一往情深。

　　上阕写夫妻别离时间之久,诉说亲人不当别而别、当归而未归。前三句分别点明离别的时间——"去年相送";离别的地点——"余杭门外";分别时的气候——"飞雪似杨花"。把分别的时间与地点说得如此之分明,说明夫妻间无时无刻不在惦念。大雪纷飞本不是出门的日子,可是公务在身,不得不送丈夫冒雪出发,这种凄凉气氛自然又加深了平日的思念。后三句与前三句对举,同样点明时间——"今年春尽",气候——"杨花似雪",可是去年送别的丈夫"犹不见还家"。原以为此次行役的时间不长,当春即可还家,可如今春天已尽，杨花飘絮，却不见人归来，怎能不叫人牵肠挂肚呢？这一段引入了《诗·小雅·采薇》"昔我往矣，杨柳依依；今我来思，雨雪霏霏"的手法，而"雪似杨花""杨花似雪"两句，比拟既工，语亦精巧，可谓推陈出新的绝妙好辞。下阕转写夜晚，着意刻画妻子对月思己的孤寂、惆怅。"对酒卷帘邀明月，风露透窗纱"，说的是在寂寞中，本想仿效李白的"举杯邀明月，对影成三人"，卷起帘子引明月作伴，可是风露又乘隙而入，透过窗纱，扑入襟怀。结尾三句是说，妻子在人间孤寂地思念丈夫，恰似姮娥在月宫孤寂地思念丈夫后羿一样。

姮娥怜爱双栖燕子，把她的光辉与柔情斜斜地洒向那画梁上的燕巢，这就不能不使妻子由羡慕双燕，而更思念远方的亲人。

词中将"姮娥"与作者之妻类比，以虚衬实，以虚证实，衬托妻子的孤寂无伴；又以对比衬托法，通过描写双燕相伴的画面，反衬出天上孤寂无伴的姮娥和梁下孤寂无伴的妻子思情之孤苦、凄冷。这一高超的艺术手法，与上阕飞雪与杨花互喻的手法一道，产生了强烈的艺术感染力，深深地打动了读者的心魂。

东坡词

南歌子

雨暗初疑夜，
风回便报晴。
淡云斜照著山明，
细草软沙溪路、
马蹄轻。

卯酒醒还困，
仙村梦不成。
蓝桥何处觅云英？
只有多情流水、
伴人行。

【赏析】

这首词写于元丰二年（1079）苏轼任湖州（今浙江嘉兴）知州期间。词中通过作者于江南水乡行路途中的所见所感，反映了他在宦海沉浮中的复杂感受，抒发了人生之不得成仙而去的感叹。

上阕首句描写雨后初晴的景象：由于夜来阴雨连绵，时辰到了，不见天明，仍疑是夜；待到一阵春风把阴云吹散，迎来的已是晴朗天气。"淡云斜照著山明"，把清晨阳光透过淡云斜照远处山色的景象表达得贴切而有神韵。"细草软沙溪路、马蹄轻"这一句写得清新轻快，表达出作者春朝雨后乘马行于溪边路上之情味。此句由景及人，勾勒出一幅清丽优美的山水人物图。下阕借传奇故事而抒情，寓意深远。"卯酒醒还困"一句，写作者早晨饮酒，仍感困倦，非因路途劳顿，而是夜间寻仙梦境使然。"蓝桥何处觅云英"这一问句，借用唐代裴航遇仙女云英之典故：唐人裴铏所作《传奇》中，有一篇题作《裴航》的小说，故事离奇曲折，略谓：

裴航下第归，与一仙女同舟，得其所示诗，有云："蓝桥便是神仙窟，何必崎岖上玉清。"及至蓝桥驿，下道求浆，得遇云英，云英，女仙之妹也。裴航经历访求玉杵臼、捣药服食诸曲折，终得结褵而升仙。苏轼此词中所谓"仙村"，即指蓝桥而言；所谓"梦不成"者，谓神仙飘渺不可求，故有"何处觅云英"之感叹。最后，作者觉得路边的溪水也还是有情的，这就是"只有多情流水伴人行"。

　　这首词的结尾一句——"只有多情流水伴人行"，与李煜笔下的"问君能有几多愁？恰似一江春水向东流"有异曲同工之妙。作者在流水这一无情的客体中赋予主体的种种情思，读来意味深长，余韵不尽。欲成仙而不得，从梦境回到现实，空对流水惆怅不已，这正是词人孤寂、落寞、凄婉的心绪之写照。

南歌子·游赏

山与歌眉敛，
波同醉眼流。
游人都上十三楼。
不羡竹西歌吹，古扬州。

菰黍连昌歜，
琼彝倒玉舟。
谁家水调唱歌头。
声绕碧山飞去，晚云留。

【赏析】

这首词写的是杭州的游赏之乐，但并非写全杭州或全西湖，而是写宋时杭州名胜十三楼，这十三楼是临近西湖的一个风景点。有这样的记载："十三间楼去钱塘门二里许。苏轼治杭日，多治事于此。"

此词以写十三楼为中心，但并没有将这一名胜的风物作细致的刻画，而是用写意的笔法，着意描绘听歌、饮酒等雅兴豪举，烘托出一种与大自然同化的精神境界，给人一种飘然欲仙的愉悦之感；同时，对比手法的运用也为此词增色不少，十三楼的美色就是通过与竹西亭的对比而突现出来的，省了很多笔墨，却增添了强烈的艺术效果。此外，移情的作用也不可小看。作者利用歌眉与远山、目光与水波的相似，赋予远山和水波以人的感情，创造出"山与歌眉敛，波同醉眼流"的迷人的艺术佳境。晚云为歌声而留步，自然也是一种移情，耐人品味。

"山与歌眉敛，波同醉眼流"，是说作者及其同伴面对湖光山色，尽情听歌，开怀畅饮。歌女眉头黛色浓聚，就像远处苍翠的山峦；醉后眼波流动，就像湖中的滟滟水波。接着补叙一笔："游人都上十三楼。"意即凡是来游西湖

东坡词

的人,没有不上十三楼的,此一动人场面就出现在十三楼上。为了写出十三楼的观览之胜,作者将古扬州的竹西亭拿来比衬:"不羡竹西歌吹古扬州。"这里说只要一上十三楼,就不会再羡慕古代扬州的竹西亭了,意即十三楼并不比竹西亭逊色。据《舆地纪胜》记载:"扬州竹西亭在北门外五里",得名于杜牧《题扬州禅智寺》的"谁知竹西路,歌吹是扬州"。竹西亭为唐时名胜,向为游人羡慕。过片以后极写自己和同伴于此间的游赏之乐。"菰黍连昌歇",写他们宴会上用的糕点,材料普通而精致味美。"琼彝倒玉舟","彝"为贮酒器,"玉舟"即酒杯,句意为漂亮的酒壶,不断地往杯中倒酒。综上二句,意在表明他们游赏的目的不是为了口腹之欲,作烹龙炮凤的盛宴,而是贪恋湖山之美,追求精神上的愉快和满足。最后以写清歌曼唱满湖山作结:"谁家水调唱歌头。声绕碧山飞去晚云留。"水调,相传为隋炀帝于汴渠开掘成功后所自制,唐时为大曲,凡大曲有歌头,水调歌头即裁截其歌头,另倚新声。此二句是化用杜牧《扬州》"谁家唱水调,明月满扬州"诗意,但更富诗情。意思是不知谁家唱起了水调一曲,歌喉婉转,音调悠扬,情满湖山,最后飘绕着近处的碧山而去,而傍晚的云彩却不肯流动,仿佛是被歌声所吸引而留步。

南乡子·梅花词

寒雀满疏篱，

争抱寒柯看玉蕤。

忽见客来花下坐，

惊飞。

踏散芳英落酒卮。

痛饮又能诗。

坐客无毡醉不知。

花谢酒阑春到也，

离离，

一点微酸已着枝。

【赏析】

本词写于苏轼任杭州通判的第四年即熙宁七年（1074）初春，是作者与时任杭州知州的杨元素相唱和的作品。词中通过咏梅、赏梅来记录词人与杨氏共事期间的一段美好生活和两人之间的深厚友谊。

上阕写寒雀喧枝，以热闹的气氛来渲染早梅所显示的姿态、风韵。岁暮风寒，百花尚无消息，只有梅花缀树，葳蕤如玉。在冰雪中熬了一冬的寒雀，值此梅花盛开之际，既知大地即将回春，自有无限喜悦之意。开头两句"寒雀满疏篱，争抱寒柯看玉蕤"，生动地描绘了寒雀对于物候变化的敏感。它们翔集在梅花周围，瞅准空档，便争相飞上枝头，好像要细细观赏花朵似的。寒梅着花，原是冷寂的，故前人咏梅，总喜欢赋予梅花一种孤独冷艳的性格，本词则不然。作者先从向往春天气息的寒雀写起，由欢蹦乱跳的寒雀引出梅花，有了鸟语花香的意味，而梅花的性格也随之显得热乎起来。顾随先生自云早年极喜杨诚斋的绝句："百千寒雀下空庭，小集梅梢话晚晴。特地作

团喧杀我,忽然惊散寂无声。"但读了苏轼此词以后,看法有了变化。他说:
"持以与此《南乡子》开端二语相比,苦水(按顾随自号苦水)不嫌他杨诗无
神,却只嫌他杨诗无品。""'满'字、'看'字,颊上三毫,一何其清幽高寒,一
何其湛妙圆寂耶?""一首《南乡子》,高处、妙处,只此开端二语。"(《顾随文
集·东坡词说》)顾随深赏极爱开端二语,自是不差,而从"满""看"两字悟
出"清幽高寒"及"圆寂"之说,似有未谛。"忽见客来花下坐,惊飞。踏散芳
英落酒卮",进一步从寒雀、早梅逗引出赏梅之人,而逗引的妙趣也不可轻轻
放过。客来花下,寒雀自当惊飞,此原无足怪,妙在雀亦多情,迷花恋枝,不
忍离去,竟至客来花下,尚未觉察,直至客人坐定酌酒,方始觉之,而惊飞之
际,才不慎踏散芳英,则雀之爱花、迷花、惜花已尽此三句之中,故花之美艳
绝伦及客之为花所陶醉俱不待烦言而明。再说,散落之芳英,不偏不倚,恰
恰落在酒杯之中,由此赏梅之人平添无穷雅兴,是则雀亦颇可人意。可见雀
之于梅,在此词中实有相得益彰之妙。

　　下阕写高人雅士在梅园举行的文酒之宴,借以衬托出梅花的风流高格。
"痛饮又能诗"的主语是风流太守杨元素及其宾客僚佐。杨元素才调不凡,
门下自无俗客。诗、酒二事,此中人原是人人来得,不过这次有梅花助兴,饮
兴、诗情便不同于往常。"痛饮"即开怀畅饮。俗语所谓"酒逢知己千杯少",
高人雅士喜以梅花为知己,"痛饮"固当,"能诗"极易误会是能够写诗。其
实,"能"字与"痛"字对举成文,乃逞能之意。"能诗"又不限于其字面意义
为善于写诗,这里暗用刘禹锡寄白居易诗句"苏州刺史例能诗"(时白任苏州
刺史),以称美杨元素的文采风流。

　　作者又有《诉衷情·送述古迓元素》词云:"钱塘风景古今奇,太守例能
诗",也是此意。"坐客无毡醉不知",又用杜甫赠郑虔诗"才名四十年,坐客
寒无毡"语。"醉不知"的主语是宴会的主人杨元素。坐客无毡则寒,如今饮
兴正酣,故不复知。此句意不在写坐客之寒,而是写主人之醉。主人既醉,
则宾客之醉亦可见。观主客的高情远致,梅花的高格也不难想知了。"花谢
酒阑春到也",非指一次宴集时间如许之长,而是指自梅花开后,此等聚会,
殆无虚日。歇拍二韵,"离离,一点微酸已着枝",重新归结到梅,但寒柯玉
蕤,已为满枝青梅所取代。咏梅花而兼及梅子,又不直说梅子而说"一点微

酸",诉之味觉形象,更为清新可人。下阕从高人雅士为之流连忘返、逸兴遄飞,托写出梅的姿态、神韵。

此词既不句句粘住在梅花上,也未尝有一笔不写梅花,可谓不即不离,妙合无痕。词中未正面描写梅花的姿态、神韵与品格,而采用了侧面烘托的办法来加以表现,显示了词人高超的艺术表现技巧。

南乡子

晚景落琼杯，

照眼云山翠作堆。

认得岷峨春雪浪，

初来，

万顷蒲萄涨渌醅。

春雨暗阳台，

乱洒歌楼湿粉腮。

一阵东风来卷地，

吹回，

落照江天一半开。

【赏析】

此词作于元丰四年（1081），系作者在黄州临皋亭所作。词中描写一个春日傍晚的即景，上阕写春日晚景，下阕雨降复晴。

首句谓：端起玉杯，只见落日斜照，青翠的云山倒映在酒杯中，把一杯玉液都染绿了。词人忽然觉得，这杯琼浆是那样熟悉，是那样有情，仿佛是老朋友似的。原来那碧绿的色彩，和满江的春水相似，春水则是故乡的岷山、峨眉山上的积雪融化而来的。上阕由倒影看到了天空，由酒的颜色而写到江水，由江水而想到岷峨，最后居然认为江水就是酒，仿佛这个小小的酒杯可以盛下整个世界。如此独特的空间意识，正是苏轼旷达、宽广的胸怀的表现。"春雨暗阳台，乱洒歌楼湿粉腮。"用"暗"和"乱"写春雨，抓住了春雨飘忽不定、倏来倏往的特征。来得突然，使人们不及回避，才能打湿美人的粉腮。既有琼杯美酒，又有美人粉腮，这场雨似乎扰乱了欢宴，真不是时候。但是，忽然有一阵东风卷地而来，吹散了云雨，落日的余晖从云缝中斜射出来，把半边天染红，碧绿的江水也被染红了一半，景色奇丽，更胜于前。

词的上阕，由酒杯而云山，而江水，而岷峨，这是词人形象思维的过程，也是词外在的逻辑。艺术联想和想象的动力是情感。罪系黄州的苏东坡，端起酒杯，思乡之情便油然而生。正是这种情感作为动力，他的联想才最终指向故乡岷峨即蜀中，才产生了杯中之酒是岷峨的雪水这种奇特的心理。思乡之情是词的上阕的内在逻辑。词的下阕描绘倏忽变化的自然景观，给人动荡不定、神奇瑰丽的感觉。在政治斗争中遭到挫折的苏东坡，对自然界倏忽变化的敏感，由此可见一斑。整个一首词神气贯通、融为一体。思乡与人生的感慨尽得表现，正所谓"不着一字"而"尽得风流"。

东坡词

南乡子·送述古

回首乱山横，
不见居人只见城。
谁似临平山上塔，
亭亭，
迎客西来送客行。

归路晚风清，
一枕初寒梦不成。
今夜残灯斜照处，
荧荧，
秋雨晴时泪不晴。

【赏析】

　　熙宁七年（1074）七月，苏轼任杭州通判时的同僚与好友陈襄（字述古）移守南都（今河南商丘），苏轼追送其至临平（今余杭），写下了这首情真意切的送别词。

　　词的上阕回叙分手后回望离别之地临平镇和临平山，抒写了对往事无限美好的回忆和对友人的依恋之情。起首两句写词人对陈襄的离去特别恋恋不舍，一送再送，直到回头不见城中的人影，而那临平山上亭亭伫立的高塔似乎在翘首西望，不忍郡守的调离。这种从眼前实景落笔而展衍开去与由景入情的写法，不仅使人感到亲切，而且增加了作品的深度。接下来三句写临平山上的塔，仍旧眼前景物落笔，实则是以客观的无知之物，衬托词人主观之情。"谁似"二字，既意喻词人不像亭亭耸立的塔，能目送友人远去而深感遗憾，又反映了词人不像塔那样无动于衷地迎客西来复送客远去，而为友人的离去陷入深深的哀伤之中；同时，也反映了作者迎友人来杭又送友人离去的实际。

下阕写词人归途中因思念友人而夜不成眠。晚风凄清,枕上初寒,残灯斜照,微光闪烁,这些意象的组接,营造出清冷孤寂的氛围,烘托了作者的凄凉孤寂心境。末句"秋雨晴时泪不晴",用两个"晴"字把雨和泪联系起来,比喻贴切而新颖,加强了作者思念之苦的表现,读来叩人心扉,令人叹惋不已。

这首词艺术上的特色主要是将山塔、秋雨拟人化,赋予作者自身的感情和心绪,将无生命的景物写活。这种手法,表现出词人不凡的功力。

南乡子·集句

怅望送春怀（杜牧）。
渐老逢春能几回（杜甫）。
花满楚城愁远别（许浑），
伤怀。
何况清丝急管催（刘禹锡）。

吟断望乡台（李商隐）。
万里归心独上来（许浑）。
景物登临闲始见（杜牧），
徘徊。
一寸相思一寸灰。

【赏析】

　　"怅望送春怀"，起笔取杜牧《惜春》诗句，点对酒伤春意境。怅望着这杯送春之酒，撩起了比酒更浓的伤春之情。次句直抒伤春所以伤老。"渐老逢春能几回"取杜甫《绝句漫兴九首》之句。杜甫此诗是漂泊成都时作。渐老，语意含悲。逢春，则一喜。能几回？又一悲。非但一悲，且将逢春之喜也一并化而为悲。一句之中一波三折，笔致淡宕而苍老。前人谓杜诗笔老，说得极是。东坡拿来此句，妙在正好写照了自己在"乌台诗案"后贬谪黄州的相似心情。东坡黄州诗《安国寺寻春》云"看花叹老忆年少，对酒思家愁老翁"，可尽此句意蕴。此时正是看花叹老，对酒思家，所以下句便道："花满楚城愁远别。"此句取自许浑《竹林寺别友人》诗。时当春天，故曰花满。谪居黄州，正是楚城。远离故国，岂不深愁！花满楚城，触目伤心，真是春红万点愁如海呵！取此句实在切己之至。楚城一语，已贯入词人受迫害遭贬谪的政治背景这一深层意蕴，并隐然翻出之，词句便不等同于伤春伤别之原作，这极能体现集句古为今用之妙。"伤怀"，短韵二字，分量极重，囊括尽临老逢春远别之种种痛苦。上阕有此二字自铸语，遂进一步将所集唐人诗句融为己有。"何况清丝急管催"，此句取自刘禹锡《洛中送韩七中丞之吴兴》诗。伤心人别有怀抱，更何况酒筵上清丝急管之音乐，只能加重难以为怀之悲哀。周邦彦《满庭芳》云："憔悴江南倦客，不堪听、急管繁弦"，语意相似，若知人论世，则东坡此句实沉痛过之。

这片着力写思乡之情。"吟断望乡台"，取自李商隐《晋昌晚归马上赠》诗。义山原诗云："征南予更远，吟断望乡台。"这里虽是取其下句，其实亦有取上句。东坡宦游本不忘蜀，其《醉落魄·席上呈杨元素》云："故山犹负平生约，西望峨嵋，长羡归飞鹤。"退隐还乡，几乎是东坡平生始终缠绕心头的一个情结。人穷则思返本，何况南迁愈远故国。当饮酒登高之际，又怎能不倍加望乡情切！下边纵笔写出："万里归心独上来。"此句取自许浑《冬日登越王台怀归》诗。词人归心万里，同筵的诸君，又何人会此登临之意？"独"之一字，突出了词人的一份孤独感。东坡黄州诗《侄安节远来夜坐二首》云："永夜思家在何处？"语意同一深沉。万里归心，本由宦游而生，更因迁谪愈切。无可摆脱的迁谪意识，在下句进一步流露出来。"景物登临闲始见"，取自杜牧《八月十二日得替后移居雪溪馆因题长句四韵》，盖有深意。原诗云："景物登临闲始见，愿为闲客此闲行。"两句之中，"闲字"三见。东坡取其诗意，是整个地融摄，又暗注己意。春日之景物，只因此身已闲，始得从容登临见之真切如此。此句虽是言登临览景，其实已转而省察自身。"闲"之一字，饱含了自己遭贬谪无可作为的莫大痛苦。"徘徊"二字，也是下阕唯一自铸之语，但它所关消息甚大，暗示着词人此时心态由外向转而内向之一过渡。辗转徘徊，反思内心，正是"一寸相思一寸灰"。结笔取李义山《无题》"飒飒东风细雨来"诗句，沉痛至极，包孕至广。东坡黄州诗《寒食雨二首》云："君门深九重，坟墓在万里。也拟哭途穷，死灰吹不起"，正是结笔乃至全词的极好注脚。君门不可通，故国不可还，两般相思，一样寒灰。东坡在黄州，自有人所熟知的旷达一面，可也有心若死灰的另一面，此词反映的就是东坡当时心态中灰色的一个侧面。

此词落墨于酒筵，中间写望乡，结穴于一寸相思一寸灰的反思，呈现出一个从向外观照而反听收视、反观内心的心灵活动过程。由外向转而内向，是此词特色之一。而此词则证明，东坡词豪放杰出风格之外，更有内敛绵邈之一体。若进一步知人论世，则当时东坡之思想蕲向，实已从前期更多的向外用力，转变为更多的向内用力。南宋施宿《东坡先生年谱》元丰三年（1080）谱云："到黄（州）无所用心，辄复覃思于《易》《论语》，端居深念，若有所得。"可见此词呈现反观内心之特色并非偶然。同时，词中取唐人诗句无一而不切合词人当下之心境、命运、心态，既经其灵气融通，遂焕然而为一新篇章，具一新生命。集句为词，信手拈来，浑然天成，如自己出，是此词又一特色。东坡这首集句词之成功，足见其博学强识，更足见其思想之自由灵活。

选取前人成句合为一篇叫集句。这本是诗之一体，始见于西晋傅咸《七经诗》。宋代自石延年、王安石到文天祥，都喜为集句诗，天祥《集杜诗》二百篇最为著名。王安石以集句为词，开词中集句一体。苏轼作有《南乡子·集句》三首，这是其第二首，词中所集皆唐人诗句。详审词意，当作于贬谪黄州时期。

南乡子

重九，涵辉楼呈徐君猷。

霜降水痕收，
浅碧鳞鳞露远洲。
酒力渐消风力软，
飕飕，
破帽多情却恋头。

佳节若为酬？
但把清樽断送秋。
万事到头都是梦，
休休，
明日黄花蝶也愁。

【赏析】

这首词是苏轼贬谪黄州期间，于元丰五年（1082）重阳日在郡中涵辉楼宴席上为黄州知州徐君猷而作。词中抒发了作者以顺处逆、旷达乐观而又略带惆怅、哀愁的矛盾心境。作者以诗的意境、语言和题材、内容入词，紧扣重九楼头饮宴，情景交融地抒写了自己的胸襟怀抱。

词的上阕写楼中远眺情景。首句"霜降水痕收，浅碧鳞鳞露远洲"，描绘大江两岸晴秋景象。江上水浅，是深秋霜降季节现象，以"水痕收"表之。"浅碧"承上句江水，"鳞鳞"是水泛微波，似鱼鳞状；"露远洲"，水位下降，露出江心沙洲，"远"字体现的是登楼遥望所见。两句是此时此地即目之景，勾勒出天高气清、明丽雄阔的秋景。"酒力渐消风力软，飕飕，破帽多情却恋头"，此三句写酒后感受。"酒力渐消"，皮肤敏感，故觉有"风力"。而风本甚微,故觉其"力软"。风力虽"软",仍觉有"飕飕"凉意。但风力再软,仍不至于落帽。此三句以"风力"为轴心,围绕它来发挥。晋时孟嘉落帽于龙山,是唐宋诗词常用的典故。苏轼对这一典故加以反用,说破帽对他的头很有感情,不管风怎样吹,抵死不肯离开。"破帽"在这里具有象征隐喻意义,指的是世事的纷纷扰扰、官场的勾心斗角。作者说破帽"多情恋头",不仅不厌恶,反而深表喜悦,这其实是用戏谑的手法,表达自己渴望超脱而又无法真正超脱的无可奈何。

下阕就涵辉楼上宴席,抒发感慨。"佳节若为酬,但把清樽断送秋"两句,化用杜牧《重九齐山登高》诗"但将酩酊酬佳节,不用登临怨落晖"句意。"断送",此即打发走之意。政治上所受重大打击,使他对待世事的态度有所变化,由忧惧转为达观,这乃是他在黄州时期所领悟到的安心之法。歇拍三句申说为何要以美酒断送秋。"万事到头都是梦"是化用宋初潘阆"万事到头都是梦,休嗟百计不如人"句意。"明日黄花蝶也愁"反用唐郑谷咏《十日菊》中"节去蜂愁蝶不知,晓庭还绕折残枝"句意,意谓明日之菊,色香均会大减,已非今日之菊,连迷恋菊花的蝴蝶,也会为之叹惋伤悲。此句以蝶愁喻良辰易逝,好花难久,正因为如此,今日对此盛开之菊,更应开怀畅饮,尽情赏玩。"万事到头都是梦,休休",这与苏轼在别的词中所发出的"人间如梦""世事一场大梦""未转头时皆梦""古今如梦,何曾梦觉","君臣一梦,古今虚名"等慨叹异曲同工,表现了苏轼后半生的生活态度。在他看来,世间万事,皆是梦境,转眼成空;荣辱得失、富贵贫贱,都是过眼云烟;世事的纷纷扰扰,不必耿耿于怀。如果命运不允许自己有为,就饮酒作乐,终老余生;如有机会一展抱负,就努力为之。这种进取与退隐、积极与消极的矛盾双重心理,在上词中得到了集中体现。

鹊桥仙·七夕送陈令举

缑山仙子，

高情云渺，

不学痴牛呆女。

凤箫声断月明中，

举手谢时人欲去。

客槎曾犯，

银河波浪，

尚带天风海雨。

相逢一醉是前缘，

风雨散、飘然何处？

【赏析】

这首词咏调名本意，是为送别友人陈令举而作。全词在立意上一反旧调，不写男女离恨，而咏朋友情意，别有一番新味。

此词上阕，也密切七夕下笔，但用的却是王子乔飘然仙去的故事。据刘向《列仙传》载，周灵王太子王子乔，好吹笙作凤凰鸣，游伊洛之间，被道士浮丘公接上嵩高山，三十余年后于山上见柏良，对他说："告我家，七月七日待我于缑氏山巅。"至时，果乘白鹤驻山头，望之不得到，举手谢时人，数日而去。苏轼此词上阕，借这则神话故事，称颂一种超尘拔俗、不为柔情羁縻的飘逸狂放襟怀，以开解友人的离思别苦。发端三句，赞王子乔仙心超远，缥渺云天，不学牛郎织女身陷情网，作茧自缚。一扬一抑，独出机杼，顿成翻案之笔。缑山，在河南偃师县。缑山仙子，指王子乔，因为他在缑山仙去，故云。"凤箫"两句，承"不学"句而来，牛女渡河，两情缱绻，势难割舍；仙子吹箫月下，举手告别家人，飘然而去。前者由仙入凡，后者超凡归仙，趋向相反,故赞以"不学痴牛呆女"。

下阕写自己与友人的聚合与分离,仿佛前缘已定,事有必然。据东坡《记游松江》说:"吾昔自杭移高密,与杨元素同舟,而陈令举、张子野皆从余过李公择于湖,遂与刘孝叔俱至松江。夜半月出,置酒垂虹亭上。"苏轼于熙宁七年九月从杭州通判移任密州知州,与同时奉召还汴京的杭州知州杨元素同舟至湖州访李公择,陈令举、张子野同行,并与刘孝叔会于湖州府园之碧澜堂,称为"六客之会",席上张子野作《定风波令》,即"六客词",会后同泛舟游吴淞江,至吴江垂虹亭畅饮高歌,"坐客欢甚,有醉倒者"。但作者不是径直叙写这段经历,仍借与天河牛女有关的故事来进行比况。张华《博物志》载一则故事说:天河与海相通,年年有浮槎定期往来,海滨一人怀探险奇志,便多带干粮,乘槎浮去。经十余日,至一城郭,遇织布女和牵牛人,便问牵牛人,此是何处。牵牛人告诉他回去后问蜀人严君平便知。后来乘槎人还,问严君平。君平告以某年月日有客星犯牵牛宿,计算年月,正是乘槎人到天河之时。词人借用这则优美的神话故事,比况几位友人曾冲破澄澈的银浪泛舟而行。"槎",即竹筏;"客槎",一语双关:明指天河的"浮槎",暗喻他们所乘的客船。"尚带天风海雨",切合"浮槎"通海之说。煞拍两句笔墨落到赠别。"相逢一醉是前缘",写六客之会;"风雨散、飘然何处","风雨"承上"天风海雨",写朋友分袂,各自西东。"一醉是前缘",含慰藉之意;"飘然何处",蕴感慨无限。

这首词不但摆脱了儿女艳情的旧套,借以抒写送别的友情,而且用事上紧扣七夕,格调上以飘逸超旷取代缠绵悱恻之风,读来深感词人逸怀浩气超乎尘垢之外。

望江南·超然台作

春未老,风细柳斜斜。
试上超然台上看,
半壕春水一城花。
烟雨暗千家。

寒食后,酒醒却咨嗟。
休对故人思故国,
且将新火试新茶。
诗酒趁年华。

【赏析】

宋神宗熙宁七年(1074)秋,苏轼由杭州移守密州(今山东诸城)。次年八月,他命人修葺城北旧台,并由其弟苏辙题名"超然",取《老子》"虽有荣观,燕处超然"之义。熙宁九年暮春,苏轼登超然台,眺望春色烟雨,触动乡思,写下了此作。这首豪迈与婉约相兼的词,通过春日景象和作者感情、神态的复杂变化,表达了词人豁达超脱的襟怀和"用之则行,舍之则藏"的人生态度。

词的上阕写登台时所见暮春时节的郊外景色。首句以春柳在春风中的姿态——"风细柳斜斜",点明当时的季节特征:春已暮而未老。"试上"二句,直说登临远眺,而"半壕春水一城花",在句中设对,以春水、春花,将眼前图景铺排开来。然后,以"烟雨暗千家"作结,居高临下,说烟雨笼罩着千家万户。于是,满城风光,尽收眼底。作者写景,注意色彩上的强烈对比作用,把春日里不同时空的色彩变幻,用明暗相衬的手法传神地传达出来。下阕写情,乃触景生情,与上阕所写之景,关系紧密。"寒食后,酒醒却咨嗟",进一步将登临的时间点明。寒食,在清明前二日,相传为纪念介子推,从这一天起,禁火三天;寒食过后,重新点火,称为"新火"。此处点明"寒食后",一是说,寒食过后,可以另起"新火",二是说,寒食过后,正是清明节,应当返乡扫墓。但是,此时却欲归而归不得。以上两句,词情荡漾,曲折有致,寄寓了作者对故国、故人不绝如缕的思念之情。"休对故人思故国,且将新火试新茶"写作者为摆脱思乡之苦,借煮茶来作为对故国思念之情的自我排遣,既隐含着词人难以解脱的苦闷,又表达出词人解脱苦闷的自我心理调适。"诗酒趁年华",进一步申明:必须超然物外,忘却尘世间一切,而抓紧时机,借诗酒以自娱。"年华",指好时光,与开头所说"春未老"相应和。全词所写,紧紧围绕着"超然"二字,至此,即进入了"超然"的最高境界。这一境界,便是苏轼在密州时期心境与语境的具体体现。

这首词情由景发,情景交融。词中浑然一体的斜柳、楼台、春水、城花、烟雨等暮春景象,以及烧新火、试新茶的细节,细腻、生动的表现了作者细微而复杂的内心活动,表达了游子炽烈的思乡之情。将写异乡之景与抒思乡之情结合得如此天衣无缝,足见作者艺术功力之深。

中国古典名著精华

昭君怨·金山送柳子玉

谁作桓伊三弄,
惊破绿窗幽梦?
新月与愁烟,
满江天。

欲去又还不去,
明日落花飞絮。
飞絮送行舟,
水东流。

【赏析】

这首词作于熙宁七年(1074)二月,是作者为送别柳子玉(名瑾)而作。子玉是润州丹徒人,与东坡谊兼戚友。熙宁六年(1073)十一月,苏轼时任杭州通判,赴常州、润州一带赈饥,子玉赴怀守之灵仙观,二人结伴而行。次年二月,苏轼在金山(在润州西北长江中)送别子玉,遂作此词以赠。

上阕写离别时的情景。首二句以晋人桓伊为王徽之吹奏三个曲调的典故,以发问的形式提出疑问:夜深人静时,是谁吹奏有名的古曲,将人们从梦中唤醒?此二句暗写离别。次二句融情入景,通过新月、烟云、天空、江面等景,将整个送别情景和盘托出。

下阕遥想“明日”分别的情景。“欲去又还不去”,道了千万声珍重,但迟迟没有成行。二月春深,将是“落花飞絮”的时节,景象凄迷,那时别情更使人黯然。“飞絮送行舟,水东流。”设想离别的人终于走了,船儿离开江岸渐渐西去。送别的人站立江边,引颈远望,不愿离开,只有那多情的柳絮,像是明白人的心愿,追逐着行舟,代替人送行。而滔滔江水,全不理解人的心情,依旧东流入海。以“流水无情”反衬人之有情,又借“飞絮送行舟”表达人的深厚情意,结束全词,分外含蓄隽永。词所谓明日送行舟,未必即谓作此词的第二日开船,须作稍为宽泛的理解。

　　此词上阕写送别情景,以景色作为笛声的背景,情景交融地渲染出送别时的感伤氛围。下阕运用叠句造境传情,想象次日分别的情景,大大扩展了离情别绪的空间。如此虚实结合,渲染出一种强烈的情感氛围,使读者受到极强的艺术感染。

中国古典名著精华

贺新郎

乳燕飞华屋，
悄无人、桐阴转午，
晚凉新浴。
手弄生绡白团扇，
扇手一时似玉。
渐困倚、孤眠清熟。
帘外谁来推绣户？
枉教人梦断瑶台曲。
又却是、风敲竹。

石榴半吐红巾蹙，
待浮花浪蕊都尽，
伴君幽独。
秾艳一枝细看取，
芳心千重似束。
又恐被、秋风惊绿。
若待得君来向此，
花前对酒不忍触。
共粉泪、两簌簌。

【赏析】

这是一首抒写闺怨的双调词，上阕写美人，下阕掉转笔锋，专咏榴花，借花取喻，时而花人并列，时而花人合一。作者赋予词中的美人、榴花以孤芳高洁、自伤迟暮的品格和情感，在这两个美好的意象中渗透进自己的人格和感情。词中写失时之佳人，托失意之情怀；以婉曲缠绵的儿女情长，寄慷慨郁愤的身世之感。

上阕以初夏景物为衬托，写一位孤高绝尘的美丽女子。起调"乳燕飞华屋，悄无人，桐阴转午，"点出初夏季节、过午、时节、环境之幽静。"晚凉新浴"，推出傍晚新凉和出浴美人。

"手弄生绡白团扇，扇手一时似玉"，进而工笔描绘美人"晚凉新浴"之后的闲雅风姿。作者写团扇之白，不只意在衬托美人的肌肤洁白和品质高洁，而且意在象征美人的命运、身世。自从汉代班婕妤作团扇歌后，在古代诗人笔下，白团扇常常是红颜薄命，佳人失时的象征。上文已一再渲染"悄无人"的寂静氛围，这里又写"手弄生绡白团扇"，着一"弄"字，便透露出美人内心一种无可奈何的寂寥，接以"扇手一时似玉"，实是暗示"妾身似秋扇"的命运。以上写美人心态，主要是用环境烘托、用象征、暗示方式，隐约迷离。以下写美人初因孤寂无聊而入梦，继而好梦因风摇竹声而被惊断。"渐困倚、孤眠清熟"句，使人感受到佳人处境之幽清和内心的寂寞。以下数句是说：美人入梦后，朦胧中仿佛有人掀开珠帘，敲打门窗，不由引起她的一阵兴奋和一种期待。可是从梦中惊醒，却只听到那风吹翠竹的萧萧声，等待她的仍旧是一片寂寞。唐李益诗云："开门复动竹，疑是玉人来。"东坡化用了这种幽清的意境，着重写由梦而醒、由希望而失望的怅惘；"枉教人""却又是"，将美人这种感情上的波折突现出来了。从上阕整个构思来看，主要写美人孤眠。写"华屋"，写"晚凉"，写"弄扇"，都是映衬和暗示美人的空虚寂寞和叹惋怅恨之情。

下阕用浓艳独芳的榴花为美人写照。"石榴半吐红巾蹙"，化用白居易诗"山榴花似结红巾"句意形象地写出了榴花的外貌特征，又带有西子含矉的风韵，耐人寻味。"待浮花浪蕊都尽，伴君幽独"，这是美人观花引起的感触和情思。此二句既表明榴花开放的季节，又用拟人手法写出了它不与桃李争妍、独立于群芳之外的品格。"秾艳一枝细看取"，刻画出花色的明丽动人。"芳心千重似束"，不仅捕捉住了榴花外形的特征，并再次托喻美人那颗坚贞不渝的芳心，写出了她似若有情、愁心难展的情态。"又恐被秋风惊绿"，由花及人，油然而生美人迟暮之感。"若待得君来向此"至结尾，写怀抱迟暮之感的美人与榴花两相怜惜，共花落簌簌而泪落簌簌。

　　词的下阕借物咏情,写美人看花时触景伤情,感慨万千,时而观花,时而怜花惜花。这种花、人合一的手法,读来婉曲缠绵,寻味不尽。作者无论是直接写美人,还是通过榴花间接写美人,都紧紧扣住娇花美人失时、失宠这一共同点,而又寄托着词人自身的怀才不遇之情。

卜算子·黄州定慧院寓居作

缺月挂疏桐，

漏断人初静。

谁见幽人独往来，

缥缈孤鸿影。

惊起却回头，

有恨无人省。

拣尽寒枝不肯栖，

寂寞沙洲冷。

【赏析】

　　这首词是元丰五年（1082）十二月苏轼初贬黄州寓居定慧院时所作。词中借月夜孤鸿这一形象托物寓怀，表达了词人孤高自许、蔑视流俗的心境。

　　上阕前两句营造了一个夜深人静、月挂疏桐的孤寂氛围，为幽人、孤鸿的出场作铺垫。"漏"指古人计时用的漏壶；"漏断"即指深夜。这两名出笔不凡，渲染出一种孤高出世的境界。接下来的两句，先是点出一位独来独往、心事浩茫的"幽人"形象，随即轻灵飞动地由"幽人"而孤鸿，使这两个意象产生对应和契合，让人联想到："幽人"那孤高的心境，不正像缥缈若仙的孤鸿之影吗？这两句，既是实写，又通过人、鸟形象的对应、嫁接，极富象征意味和诗意之美地强化了"幽人"的超凡脱俗。

　　下阕专写孤鸿遭遇不幸，心怀幽恨，惊恐不已，拣尽寒枝不肯栖息，只好落宿于寂寞荒冷的沙洲。这里，词人以象征手法，匠心独运地通过鸿的孤独缥缈，惊起回头、怀抱幽恨和选求宿处，表达了作者贬谪黄州时期的孤寂处境和高洁自许、不愿随波逐流的心境。作者与孤鸿惺惺相惜，以拟人化的手法表现孤鸿的心理活动，把自己的主观感情加以对象化，显示了高超的艺术技巧。

　　这首词的境界,确如黄庭坚所说:"语意高妙,似非吃烟火食人语,非胸中有万卷书,笔下无一点尘俗气,孰能至此!"这种高旷洒脱、绝去尘俗的境界,得益于高妙的艺术技巧。作者"以性灵咏物语",取神题外,意中设境,托物寓人;在对孤鸿和月夜环境背景的描写中,选景叙事均简约凝练,空灵飞动,含蓄蕴藉,生动传神,具有高度的典型性。

洞仙歌

冰肌玉骨，

自清凉无汗。

水殿风来暗香满。

绣帘开，

一点明月窥人，

人未寝，

倚枕钗横鬓乱。

起来携素手，

庭户无声，

时见疏星渡河汉。

试问夜如何？

夜已三更，

金波淡，玉绳低转。

但屈指西风几时来，

又不道流年暗中偷换。

【赏析】

这首词描述了五代时后蜀国君孟昶与其妃花蕊夫人夏夜在摩河池上纳凉的情景，着意刻绘了花蕊夫人资质与心灵的美好、高洁，表达了词人对时光流逝的深深惋惜和感叹。

上阕写花蕊夫人帘内敧枕。首二句写她的绰约风姿：丽质天生，有冰之肌、玉之骨，本自清凉无汗。接下来，词人用水、风、香、月等清澈的环境要素烘托女主人公的冰清玉润，创造出境佳人美、人境双绝的意境。其后，词人借月之眼以窥美人敧枕的情景，以美人不加修饰地残妆——"钗横鬓乱"，来反衬她姿质的美好。上阕所写，是从旁观者角度对女主人公所作出的观察。

下阕直接描写人物自身，通过女主人公与爱侣夏夜偕行的活动，展示她美好、高洁的内心世界。"起来携素手，"写女主人公已由室内独自倚枕，起而与爱侣户外携手纳凉闲行。"庭户无声"，制造出一个夜深人静的氛围，暗喻时光在不知不觉中流逝。"时见疏星渡河汉"，写二人静夜望星。以下四句写月下徘徊的情意，为纳凉人的细雨温存进行气氛上的渲染。以上，作者通过写环境之静谧和斗转星移之运动，表现了时光的推移变化，为写女主人公纳凉时的思想活动作好铺垫。结尾三句是全词点睛之笔，传神地揭示出时光变换之速，表现了女主人公对时光流逝的深深惋惜。

这首词写古代帝王后妃的生活，艳羡、赞美中附着作者自身深沉的人生感慨。全词清空灵隽，语意高妙，想象奇特，波澜起伏，读来令人神往。

洞仙歌

江南腊尽，

早梅花开后。

分付新春与垂柳。

细腰肢、

自有入格风流。

仍更是、

骨体清英雅秀。

永丰坊那畔，

尽日无人，

谁见金丝弄晴昼？

断肠是飞絮时，

绿叶成阴，

无箇事、一成消瘦。

又莫是东风逐君来，

便吹散眉间，

一点春皱。

【赏析】

　　这首词通篇咏柳，借柳喻人，以含蓄婉曲的手法和饱含感情的笔调，借婀娜多姿、落寞失时的垂柳，流露了作者对姿丽命蹇、才高数奇的女性深切地同情与赞美。

　　上阕写柳的体态标格和风韵之美。起白说腊尽梅凋，既点明节令，且借宾唤主，由冬梅引出春柳。以"新春"紧承"腊尽"，写腊月已尽，新春来临，早梅开过，杨柳萌发。柳丝弄碧，是春意繁闹的表征，故说"分付新春与垂柳"。"分付"，交付之意，着"分付"一词，仿佛春的活力、光彩、妖娆，均凝集于柳一身，从而突出了柳的形象。以下赞美柳的体态标格。柳枝婀娜，别有一种风流，使人想到少女的细腰。杜甫《绝句漫兴》早有"隔户杨柳弱袅袅，恰如十五女儿腰"之句。东坡正是抓住了这一特点，称颂她有合格入流的独特风韵，并进而用"清英秀雅"四字来品评其骨相。这就写出了垂柳的清高、英隽、雅洁、秀丽，见出她与浓艳富丽的浮花浪蕊迥然不同。作者把握住垂柳的姿质特色，从她的体态美，进而刻画了她的品格美。

下阕转入对垂柳不幸遭遇的感叹。换头三句，写垂柳境况清寂、丽姿无主。长安永丰坊多柳，生在永丰园一角的垂柳，尽管在明媚春光中修饰姿容，分外妖娆，怎奈无人一顾。诗人白居易写过一首著名的《杨柳词》，据唐人孟郊《本事诗》载：白居易有妾名小蛮，善舞，白氏比为杨柳，有"杨柳小蛮腰"之句。及年事高迈，小蛮还很年轻，"因为杨柳之词以托意，曰：'一树春风万万枝，嫩于金色软于丝。永丰坊里东南角，尽日无人属阿谁?'"后宣宗听到此词，极表赞赏，遂命人取永丰柳两枝，移植禁中。东坡在这里化用乐天诗意，略无痕迹，但平易晓畅的语句中，却藏有深沉的含义。"断肠"四句，紧承上文，写垂柳的凄苦身世，说：一到晚春，绿叶虽繁，柳絮飘零，她更将百无聊赖，必然日益瘦削、玉肌消减了。煞拍三句，展望前景，愈感茫然。只有东风的吹拂，足可消愁释怨，使蛾眉般的弯弯柳叶，得以应时舒展。

全章用象征法写柳，词人笔下那婀娜多姿、落寞失意的垂柳，宛然是骨相清雅、姿丽命蹇的佳人。词中句句写垂柳，却句句是写佳人。读罢全词，一位品格清淑而命运多舛的少女形象栩栩如生地呈现在读者面前。

苏轼的咏物词，大多借物喻人、咏怀，把人的品格、身世和情感寄托于所咏之物上，物中有人，亦物亦人。这首词突出地体现了上述特点，给读者以无尽的遐思和美好的回味。

八声甘州·寄参寥子

有情风,万里卷潮来,

无情送潮归。

问钱塘江上,

西兴浦口,

几度斜晖?

不用思量今古,

俯仰昔人非。

谁似东坡老,

白首忘机。

记取西湖西畔,

正暮山好处,

空翠烟霏。

算诗人相得,

如我与君稀。

约他年、东还海道,

愿谢公、雅志莫相违。

西州路,不应回首,

为我沾衣。

【赏析】

此词作于元祐六年(1091)苏轼由杭州太守被召为翰林学士承旨时,是作者离杭时送给参寥的。参寥是僧道潜的字,以精深的道义和清新的文笔为苏轼所推崇,与苏轼过从甚密,结为莫逆之交。苏轼贬谪黄州时,参寥不远两千里赶去,追随他数年。这首赠给参寥的词,表现了二人深厚的友情,同时也抒写出世的幻想,表现出巨大的人生空漠之感。整首词达观中充满豪气,向往出世却又执着于友情,读来毫无颓唐、消极之感,但觉气势恢宏,荡气回肠。

　　词的上阕起势不凡,以钱塘江喻人世的聚散离合,充分表现了词人的豪情。首二句表面上是写钱塘江潮水一涨一落,但一说"有情",一说"无情",此"无情",不是指自然之风本乃无情之物,而是指已被人格化的有情之风,却绝情地送潮归去,毫不依恋。所以,"有情卷潮来"和"无情送潮归",并列之中却以后者为主,这就突出了此词抒写离情的特定场景,而不是一般的咏潮之作,如他的《南歌子·八月十八日观潮》词、《八月十五日看潮五绝》诗,着重渲染潮声和潮势,并不含有别种寓意。下面三句实为一个领字句,以"问"字领起。西兴,在钱塘江南,今杭州市对岸,萧山县治之西。"几度斜晖",即多少次看到残阳落照中的钱塘潮呵! 这里指与参寥多次同观潮景,颇堪纪念。"斜晖",一则承上"潮归",因落潮一般在傍晚时分,二则此景在我国古代诗词中往往是与离情结合在一起的特殊意象。此句以发问的形式,写出天上阳光的无情。地下潮水无情而归,天上夕阳无情而下,这是以天地和自然万物的无情,衬托人之有情。"不用"以下四句,意谓面对社会人生的无情,不必替古人伤心,也不必为现实忧虑,必须超凡脱俗,"白首忘机",泯灭机心,无意功名,达到达观超旷、淡泊宁静的心境。这几句,带有作者深沉的人生感喟和强烈的哲理色彩,读来令人感慨。

　　从上阕写钱塘江景,到下阕写西湖湖景,南江北湖,都是记述他与参寥在杭的游赏活动。"春山",一些较早的版本作"暮山",或许别有所据,但从语境来看,不如"春山"为佳。前面写钱塘江时已用"斜晖",此处再用"暮山",不免有犯重之嫌;"空翠烟霏"正是春山风光,"暮山",则要用"暝色暗淡""暮霭沉沉"之类的描写;此词作于元祐六年三月,恰为春季,特别叮咛"记取"当时春景,留作别后的追思,于情理亦较吻合。"算诗人"两句,先写与参寥的相知之深。参寥诗名甚著,苏轼称赞他诗句清绝,可与林逋比肩。他的《子瞻席上令歌舞者求诗,戏以此赠》云"底事东山窈窕娘,不将幽梦嘱襄王。禅心已作沾泥絮,肯逐春风上下狂",妙趣横生,传诵一时。他与苏轼肝胆相照,友谊甚笃。早在苏轼任徐州知州时,他专程从余杭前去拜访;苏轼被贬黄州时,他不远两千里,至黄与苏轼游从;此次苏轼守杭,他又到杭州卜居智果精舍；甚至在以后苏轼南迁岭海时，他还打算往访，苏轼去信力加劝阻才罢。这就难怪苏轼算来算去，像自己和参寥那样亲密无间、荣辱不渝的挚友，在世上是不多见的了。如此志趣相投，正是归隐佳侣，转接下文。

结尾几句表现了词人超然物外、归隐山水的志趣，进一步抒写二人的友情。据《晋书·谢安传》载，谢安东山再起后，时时不忘归隐，但终究还是病逝于西州门。羊昙素为谢所重，谢死后，一次醉中无意走过西州门，觉而大哭而去。词人借这一典故安慰友人：自己一定不会像谢安一样雅志相违，使老友恸哭于西州门下。此词以平实的语言，抒写深厚的情意，气势雄放，意境浑然。郑文焯《手披东坡乐府》说，此词"云锦成章，天衣无缝"，"从至情中流出，不假熨帖之工"，这一评语正道出了本词的特色。词人那超旷的心态，那交织着人生矛盾的悲慨和发扬蹈厉的豪情，给读者以强烈的震撼和深刻的启迪。

江城子

陶渊明以正月五日游斜川,临流班坐,顾瞻南阜,爱曾城之独秀,乃作斜川诗,至今使人想见其处。元丰壬戌之春,余躬耕于东坡,筑雪堂居之,南挹四望亭之后丘,西控北山之微泉,慨然而叹,此亦斜川之游也。乃作长短句,以《江城子》歌之。

梦中了了醉中醒。
只渊明,是前生。
走遍人间,
依旧却躬耕。
昨夜东坡春雨足,
乌鹊喜,报新晴。

雪堂西畔暗泉鸣。
北山倾,小溪横。
南望亭丘,
孤秀耸曾城。
都是斜川当日景,
吾老矣,寄余龄。

【赏析】

这首词作于苏轼贬谪黄州期间。他以自己"躬耕于东坡,筑雪堂居之"自比于晋代诗人陶渊明斜川之游,融说理、写景和言志于一炉,在词中表达了对渊明的深深仰慕之意,抒发了随遇而安、乐而忘忧的旷达襟怀。作品平淡中见豪放,充满恬静闲适而又粗犷的田园趣味。

首句"梦中了了醉中醒",一反常理,说只有醉中才清醒,梦中才了然,表达了愤世嫉俗的情怀。此句表明,苏轼能理解渊明饮酒的心情,深知他在梦中或醉中实际上都是清醒的,这是他们的共同之处。"只渊明,是前生。走遍人间,依旧却躬耕",充满了辛酸的情感,这种情况又与渊明偶合,两人的命运何其相似。渊明因不满现实政治而归田,苏轼却是以罪人的身份在贬所躬耕,这又是两人的不同之处。苏轼带着沉痛辛酸的心情,暗示躬耕东坡是受政治迫害所致。"昨夜东坡春雨足,乌鹊喜,报新晴",于一番议论后融情入景,通过对春雨过后乌鹊报晴这一富有生机的情景的描写,隐隐表达出词人欢欣、怡悦的心情和对大自然的热爱。

过片后四句以写景为主,极富立体感。这几句中,鸣泉、小溪、山亭、远峰,日与耳目相接,表现出田园生活恬静清幽的境界,给人以超世遗物之感。作者接着以"都是斜川当日景"作一小结,是因心慕渊明,向往其斜川当日之游,遂觉所见亦斜川当日之景,同时又引申出更深沉的感慨。陶渊明四十一岁弃官归田,后来未再出仕,五十岁时作斜川之游。苏轼这时已经四十七岁,躬耕东坡,一切都好像渊明当日的境况,是否也会像渊明一样就此以了余生呢?那时政治黑暗,苏轼东山再起的希望很小,因而产生迟暮之感,有于此终焉之意。结句"吾老矣,寄余龄"的沉重悲叹,说明苏轼不是自我麻木,盲目乐观,而是对余生存在深深的忧虑,是"梦中了了"者。

这首词的结构颇具匠心。首句突兀而起,议论中饱含感情。其后写景,环环相扣,层次分明,紧扣首句的议论,景中寓情,情中见理。节拍与首句议论及过片后的写景相呼应,总括全词,以东坡雪堂今日春景似渊明当日斜川之景,引出对斜川当日之游的向往和在逆境中淡泊自守、怡然自足的心境。"都是斜川当日景",这看似平淡的词句,是作者面对远去的历史背景所吐露的心声。

江城子

湖上与张先同赋,时闻弹筝。

凤凰山下雨初晴,
水风清,晚霞明。
一朵芙蕖,
开过尚盈盈。
何处飞来双白鹭,
如有意,慕娉婷。

忽闻江上弄哀筝,
苦含情,遣谁听!
烟敛云收,
依约是湘灵。
欲待曲终寻问取,
人不见,数峰青。

【赏析】

此词为苏轼于熙宁五年(1072)至七年在杭州通判任上与当时已八十余岁的有名词人张先(990—1078)同游西湖时所作。

作者富有情趣地紧扣"闻弹筝"这一词题,从多方面描写弹筝者的美丽与音乐的动人。词中将弹筝人置于雨后初晴、晚霞明丽的湖光山色中,使人物与景色相映成趣,音乐与山水相得益彰,在对人物的描写上,作者运用了比喻和衬托的手法。

开头三句写山色湖光,只是作为人物的背景画面。"一朵芙蕖"两句紧接其后,既实写水面荷花,又是以出水芙蓉比喻弹筝的美人,收到了双关的艺术效果。从结构上看，这一表面写景，而实则转入对弹筝人的描写，真可说是天衣无缝。据《墨庄漫录》，弹筝人三十余岁，"风韵娴雅，绰有态度"，此处用"一朵芙蕖开过尚盈盈"的比喻写她，不仅准确，而且极有情趣。接着便从白鹭似也有意倾慕来烘托弹筝人的美丽。词中之双白鹭实是喻指二客呆视不动的情状。

　　下阕则重点写音乐。从乐曲总的旋律来写，故曰"哀筝"，从乐曲传达的感情来写，故言"苦含情"；谓"遣谁听"，是说乐曲哀伤，谁能忍听，是从听者的角度来写；以下再进一步渲染乐曲的哀伤，谓无知的大自然也为之感动：烟霭为之敛容，云彩为之收色；最后再总括一句，这哀伤的乐曲就好像是湘水女神奏瑟在倾诉自己的哀伤。湘灵，用娥皇、女英之典故。词写到这里，把乐曲的哀伤动人一步一步地推向最高峰，似乎这样哀怨动人的乐曲非人间所有，只能是出自像湘水女神那样的神灵之手。与此同时，"依约是湘灵"这总括乐曲的一句，又隐喻弹筝人有如湘灵之美好。词的最后，承"依约"一句正待写人，却又采取欲擒故纵的手法，不仅没有正面去描写人物，反而写弹筝人已飘然远逝，只见青翠的山峰仍然静静地立在湖边，仿佛那哀怨的乐曲仍然荡漾在山间水际。"人不见，数峰青"两句，用唐代诗人钱起《省试湘灵鼓瑟》诗"曲终人不见，江上数峰青"，是那样的自然、贴切而又不露痕迹。它不仅意象动人，而且在结构上还暗承"依约是湘灵"一句，把上下用典结合起来。"数峰青"又回应词的开头"凤凰山下雨初晴"描写的雨过山青的景象，真可谓言尽而味永。

江城子·孤山竹阁送述古

翠蛾羞黛怯人看。

掩霜纨,泪偷弹。

且尽一尊,

收泪唱《阳关》。

漫道帝城天样远,

天易见,见君难。

画堂新构近孤山。

曲栏干,为谁安?

飞絮落花,

春色属明年。

欲棹小舟寻旧事,

无处问,水连天。

【赏析】

这首词作于宋神宗熙宁七年,是苏轼早期送别词中的佳作。词中传神地描摹歌妓的口气,代她向即将由杭州调知应天府(今河南商丘南)的僚友陈襄(字述古)表示惜别之意。此词风格柔婉却又哀而不伤,艳而不俗。作者对于歌伎的情态和心理描摹得细致入微,栩栩如生,读来令人感叹不已。

上阕描述歌妓饯别时的情景,首句表现她送别陈襄时的悲伤情态。“翠蛾”即蛾眉,借指妇女。“黛”本是一种黑色颜料,古代女子用来画眉,这里借指眉。“羞黛”为眉目含羞之态。“霜纨”指洁白如霜的纨扇。她因这次离别而伤心流泪,却又似感羞愧,怕被人知道而取笑,于是用纨扇掩面而偷偷弹泪。她强制住眼泪,压抑着情感,唱起《阳关曲》,殷勤劝陈襄且尽离尊。《阳关曲》即唐代诗人王维《送元二使安西》诗谱入乐府后所称,亦名《渭城曲》,

用于送别场合。上阕的结三句是官妓为陈襄劝酒时的赠别之语："漫道帝城天样远,天易见,见君难"。这次陈襄赴应天府任,其地为北宋之"南京",亦可称"帝城"。她曲折地表达自己留恋之情,认为帝城虽然有如天远,但此后见天容易,再见贤太守却不易了。

下阕摹写歌妓的相思之情。"画堂"当指孤山寺内与竹阁相连接的柏堂。苏诗《孤山二咏并引》云:"孤山有陈时柏二株,其一为人所薪,山下老人自为儿时已见其枯矣,然坚悍如金石,愈于未枯者。僧志诠作堂于其侧,名之曰柏堂。堂与白公居易竹阁相连属。"苏轼咏柏堂诗有"忽惊华构依岩出"句,诗作于熙宁六年六月以后,可见柏堂确为"新构",建成始一年,而且可能由陈襄支持建造的(陈襄于五年五月到任)。在此宴别陈襄,自然有"楼观甫成人已去"之感。官妓想像,如果这位风浪太守不离任,或许还可同她于画堂之曲栏徘徊观眺呢!由此免不了勾起一些往事的回忆。去年春天,苏轼与陈襄等僚友曾数次游湖,吟诗作词。苏轼《有以官法酒见饷者因用前韵求述古为移厨饮湖上》诗有"游舫已妆吴榜稳,舞衫初试越罗新";后作《常润道中有怀钱塘寄述古》诗亦有"三月莺花付与公"之句,清人纪昀以为"此应为官妓而发"。可见当时游湖都有官妓歌舞相伴。她回忆起去年暮春时节与太守游湖的一些难忘情景,叹息"春色属明年",明年将不会欢聚一起了。结尾处含蕴空灵而情意无穷。想像明年春日,当她再驾着小船在西湖寻觅旧迹欢踪,"无处问,水连天",情事已经渺茫,惟有倍加想念与伤心而已。

此词上阕写人,下阕写景,两片之间看似无甚联系,其实上阕由人及情,下阕借景寓情,人与景都服从于离愁、别情的抒发,语似脱而意实联。从风格上看,此词近于婉约,感情细腻,但"天易见,见君难","无处问,水连天"等句,于委婉中仍透粗犷。

江城子·密州出猎

老夫聊发少年狂，
左牵黄，右擎苍，
锦帽貂裘，
千骑卷平冈。
为报倾城随太守，
亲射虎，看孙郎。

酒酣胸胆尚开张，
鬓微霜，又何妨！
持节云中，
何日遣冯唐？
会挽雕弓如满月，
西北望，射天狼。

【赏析】

宋神宗熙宁八年，东坡任密州知州，曾因旱去常山祈雨，归途中与同官梅户曹会猎于铁沟，写了这首出列词。作者在词中抒发了为国效力疆场、抗击侵略的雄心壮志和豪迈气概。

开篇"老夫聊发少年狂"，出手不凡。这首词通篇纵情放笔，气概豪迈，一个"狂"字贯穿全篇。接下去的四句写出猎的雄壮场面，表现了猎者威武豪迈的气概：词人左手牵黄犬，右臂驾苍鹰，好一副出猎的雄姿！随从武士个个也是"锦帽貂裘"，打猎装束。千骑奔驰，腾空越野，好一幅壮观的出猎场面！为报全城士民盛意，词人也要像当年孙权射虎一样，一显身手。作者以少年英主孙权自比，更是显出东坡"狂"劲和豪兴来。

以上主要写在"出猎"这一特殊场合下表现出来的词人举止神态之

"狂"，下阕更由实而虚，进一步写词人"少年狂"的胸怀，抒发由打猎激发起来的壮志豪情。"酒酣胸胆尚开张"，东坡为人本来就豪放不羁，再加上"酒酣"，就更加豪情洋溢了。过片一句，言词人酒酣之后，胸胆更豪，兴致益浓。此句以对内心世界的直抒，总结了上阕对外观景象的描述。接下来，作者倾诉了自己的雄心壮志：年事虽高，鬓发虽白，却仍希望朝廷能像汉文帝派冯唐持节赦免魏尚一样，对自己委以重任，赴边疆抗敌。那时，他将弯弓如满月，狠狠抗击西夏和辽的侵扰。此作是千古传诵的东坡豪放词代表作之一。词中写出猎之行，抒兴国安邦之志，拓展了语境，提高了词品，扩大了词的题材范围，为词的创作开创了崭新的道路。作品融叙事、言志、用典为一体，调动各种艺术手段形成豪放风格，多角度、多层地从行动和心理上表现了作者宝刀未老、志在千里的英风与豪气。

东坡词

江城子·别徐州

天涯流落思无穷！

既相逢，却匆匆。

携手佳人，

和泪折残红。

为问东风余几许？

春纵在，与谁同！

隋堤三月水溶溶。

背归鸿，去吴中。

回首彭城，

清泗与淮通。

欲寄相思千点泪，

流不到，楚江东。

【赏析】

此词作于元丰二年（1079）三月苏轼由徐州调知湖州途中。词中化用李商隐《无题》诗中"相见时难别亦难，东风无力百花残。春蚕到死丝方尽，蜡炬成灰泪始干"句意，将积郁的愁思注入即事即地的景物之中，抒发了作者对徐州风物人情无限留恋之情，并在离愁别绪中融入了深沉的身世之感。别恨是全词主旨，上阕写别时情景，下阕想象别后境况。上阕以感慨起调，言天涯流落，愁思茫茫，无穷无尽。"天涯流落"，深寓词人的身世之感。苏轼外任多年，类同飘萍，自视亦天涯流落之人。他在徐州仅两年，又调往湖州，南北辗转，这就更增加了他的天涯流落之感。这一句同时也饱含着词人对猝然调离徐州的感慨。"既相逢，却匆匆"两句，转写自己与徐州人士的交往，对邂逅相逢的喜悦，对骤然分别的痛惜，得而复失的哀怨，溢于言表。

"携手"两句,写他永远不能忘记自己最后离开此地时依依惜别的动人一幕。"携手佳人",借与佳人乍逢又别的感触言离愁。"和泪折残红",写作者面对落花,睹物伤怀,情思绵绵,辗转不忍离去,同时也是写离徐州的时间,启过拍"为问"三句。末三句由残红而想到残春,因问东风尚余几许,感叹纵使春光仍在,而身离徐州,与谁同春!此三句通过写离徐后的孤单,写对徐州的依恋,且笔触一波三折,婉转抑郁。

词的下阕即景抒情,继续抒发上阕未了之情。这片"隋堤三月水溶溶",是写词人离徐州途中的真景,将浩荡的悲思注入东去的三月隋堤那溶溶春水中。"背归鸿,去吴中",亦写途中之景,而意极沉痛。春光明媚,鸿雁北归故居,而词人自己却与雁行相反,离开徐州热土,南去吴中湖州。苏轼显然是把徐州当成了他的故乡,而自叹不如归鸿。"彭城"即徐州城。"清泗与淮通"暗寓作者不忍离徐,而现实偏偏无情,不得不背鸿而去,故于途中频频回顾,直至去程已远,回顾之中,唯见清澈的泗水由西北而东南,向着淮水脉脉流去。看到泗水,触景生情,自然会想到徐州(泗水流经徐州)。歇拍三句,即景抒情,于沉痛之中交织着怅惘的情绪。徐州既相逢难再,因而词人欲托清泗流水把千滴相思之泪寄往徐州,怎奈楚江(指泗水)东流,相思难寄,怎不令词人怅然若失!托淮泗以寄泪,情真意厚,且想象丰富,造句精警;而楚江东流,又大有"自是人生长恨水长东"之意,感情沉痛、怅惘,读之令人肠断。

此词写别恨,采用了化虚为实的艺术手法。作者由分别之地彭城,想到去途中沿泗入淮,向吴中新任所的曲折水路;又由别时之"和泪",想到别后的"寄泪"。这样,离愁别绪更显深沉、哀婉。结句"流不到,楚江东",别泪千点因春水溶溶而愈见浩荡,犹如一声绵长的浩叹,久远地回响在读者的心头。

江城子

十年生死两茫茫。

不思量，自难忘。

千里孤坟，

无处话凄凉。

纵使相逢应不识，

尘满面，鬓如霜。

夜来幽梦忽还乡，

小轩窗，正梳妆。

相顾无言，

惟有泪千行。

料得年年肠断处：

明月夜，短松冈。

【赏析】

    题记中"乙卯"年指的是宋神宗熙宁八年（1075），其时苏东坡任密州（今山东诸城）知州，年已四十。正月二十日这天夜里，他梦见爱妻王弗，便写下了这首"有声当彻天，有泪当彻泉"（陈师道语）的悼亡词。

    苏东坡的这首词是"记梦"，而且明确写了做梦的日子。但实际上，词中记梦境的只有下阕的五句，其他都是真挚朴素，沉痛感人的抒情文字。"十年生死两茫茫"生死相隔，死者对人世是茫然无知了，而活着的人对逝者呢，不也同样吗？恩爱夫妻，一朝永诀，转瞬十年了。"不思量，自难忘"人虽云亡，而过去美好的情景"自难忘"呵！王弗逝世十年了，想当初年方十六的王弗嫁给了十九岁的苏东坡，少年夫妻情深意重自不必说，更难得她蕙质兰心，明事理。这十年间，东坡因反对王安石的新法，颇受压制，心境悲愤；到密州后，又忙于处理政务，生活困苦，他又怎能

"不思量"那聪慧明理的贤内助呢。作者将"不思量"与"自难忘"并举，利用这两组看似矛盾的心态之间的张力，真实而深刻地揭示自己内心的情感。年年月月，朝朝暮暮，虽然不是经常想念，但也时刻未曾忘却！或许正是出于对爱妻王弗的深切思念，东坡续娶了王弗的堂妹王润之，据说此女颇有其堂姐风韵。十年忌辰，触动人心的日子里，往事蓦然来到心间，久蓄的情感潜流，忽如闸门大开，奔腾澎湃难以遏止。"千里孤坟，无处话凄凉"。想到爱妻华年早逝，远隔千里，无处可以话凄凉，说沉痛。其实即便坟墓近在身边，隔着生死，就能话凄凉了吗？这是抹杀了生死界线的痴语，情语，格外感人。"纵使相逢应不识，尘满面，鬓如霜。"这三个长短句，又把现实与梦幻混同了起来，把死别后的个人忧愤，包括在苍老衰败之中。这时他才四十岁，已经"鬓如霜"了。她辞别人世已经十年了，"纵使相逢"恐怕也认"我"不出了。这个不可能的假设，感情深沉悲痛，表现了对爱侣的深切怀念，也寄寓了自己的身世之感。如梦如幻，似真非真，其间真情恐怕不是仅仅依从父命，感于身世吧。苏东坡曾在《亡妻王氏墓士铭》记述了"妇从汝于艰难，不可忘也"的父训。作者索于心，托于梦的实在是一份"不思量，自难忘"的患难深情啊。

下阕的头五句，才入了题开始"记梦"。"夜来幽梦忽还乡"，是记叙，写自己在梦中忽然回到了少时在念中的故乡，那个两人曾共度甜蜜岁月的地方。"小轩窗，正梳妆"那小室，亲切而又熟悉，她情态容貌，依稀当年，正在梳妆打扮。夫妻相见，没有出现久别重逢、卿卿我我的亲昵，而是"相顾无言，惟有泪千行"！"无言"，包括了千言万语，表现了"此时无声胜有声"的沉痛，别后种种从何说起？一个梦，把过去拉了回来，把现实的感受溶入梦中，使这个梦令人感到无限凄凉。"料得年年肠断处；明月夜，短松冈。"作者料想长眠地下的爱侣，在年年伤逝的这个日子，为了眷恋人世、难舍亲人，该是柔肠寸断了吧？推己及人，作者设想此时亡妻一个人在凄冷幽独的"明月"之夜的心境，可谓用心良苦。这番痴情苦心实可感天动地。

采桑子

多情多感仍多病，

多景楼中。

尊酒相逢，

乐事回头一笑空。

停杯且听琵琶语，

细撚轻扰。

醉脸春融，

斜照江天一抹红。

【赏析】

　　这首《采桑子》是苏轼的即兴之作，虽不尽完美，却显示了他的素养与才华。宋神宗熙宁七年甲寅仲冬，即 1074 年冬，东坡调任密州知州，途经润州即现在江苏镇江市，与孙巨源、王正仲在甘露寺多景楼集会。席间有色艺俱佳的官妓胡琴相伴，周围是晚霞夕照中愈显奇丽的美景，于是孙巨源请东坡临景填词。东坡应约写下了这首《采桑子》，另作了一首名《润州甘露寺弹筝》的诗。

　　首句"多情多感仍多病"是借用杜甫《水宿遣兴奉呈群公》首句"鲁钝仍多病"的句型和后三字，连用三个"多"字言情发端，以其奇兀给人以强烈的印象。"多景楼"的"多"字与上句中的三个"多"字相映成趣，直接点出当下环境。多景楼在北固山后峰、甘露寺，下临长江，三面环水，登楼四望，美景尽收眼底，曾被赞为天下江山第一楼。东坡博古通今，关心时政，喜欢寻幽探胜，在这样的楼上赏景又怎能不触景生情呢？三国时的孙权曾建都于此，元朝宋武帝刘裕曾在此讨伐桓玄，东晋谢安、梁武帝衍也曾在此流连，面对这样的古迹，苏轼思古想今，感慨万千，满怀愁绪，涌上心头，喷吐于笔端，即为"三多"——情多，感多，病多，凝练而又传神。东坡贵在可以那样戛然而止，迅疾道出"多景楼中"，为的是顾及全篇，不使这忧愁情绪的抒发过多而溢。"尊酒相逢",点明与孙巨源、王正仲等集会于多景楼之事实,语感平实,为的是给下面抒情的"乐事回头一笑空"作一铺垫。"乐事回头一笑空",与起句"多情多感仍多病"的语意相连,意谓这次在多景楼饮酒听歌,诚为"乐事",可惜不能长久,"一笑"之后,"回头"看时,眼前的"乐事"便会消失,只有"多情""多感""多病"永远留在心头,哀怨尽在言外。上阕虚与实结合,言事与言情的结合,而以虚为主,以言情为主,既不浮泛,又颇空灵错落有致。

上阕由情至事,由事归情,借眼前之景,写心中之情,意蕴盎然,如神来之笔。"停杯且听琵琶语"承上启下,认为"乐事回头一笑空",故不能以认真的态度来对待音乐,所以东坡特地挑选了虚字"且"放于"听"字之前,用以表现他当时不经意的心态。"细撚轻拢"句和上句中的"琵琶语",都是自白居易《琵琶行》中的诗句化出,赞美官妓胡琴弹奏琵琶的技艺。本无心欣赏,然而却被吸引,说明演奏得确实美妙。"撚",指左手手指按弦在柱上左右搓转;"拢",指左手手指按弦向里推,赞美之情通过"细"和"轻"两字来表达出来,让人不由联想起白居易曾描述过的"大珠小珠落玉盘"的音乐之美。赞罢弹奏者的技艺,顺势描写弹奏者,但东坡惜墨如金,不去写其容貌、形体和服饰等,只用"醉脸春融"四字来写其神,丽而不艳,媚中含庄,活脱脱描摹出一个怀抱琵琶的少女两颊泛红,嘴角含笑的动人姿态。

"斜照江天一抹红",是一句景语,是当时"残霞晚照"的写实,也可借以形容胡琴姑娘之"醉脸",妙处在于难以捉摸,耐人寻味。这句"斜照江天一抹红",其意同于李商隐《乐游原》的"夕阳无限好,只是近黄昏",只不过色彩明快,而其意又在言外罢了。东坡的这首小令,倏忽来去,只用了只言片语,却达到了曲折含蓄,言尽而意隽的境界之美,实在难得。

中国古典名著精华

阮郎归·初夏

绿槐高柳咽新蝉，
薰风初入弦。
碧纱窗下水沉烟，
棋声惊昼眠。

微雨过，小荷翻。
榴花开欲燃。
玉盆纤手弄清泉，
琼珠碎却圆。

【赏析】

此词采用从反面落笔的手法，上阕写静美，却从听觉入手，以声响状环境之寂，下阕写动美，却从视觉落笔，用一幅幅无声画来展示大自然的生机，整首词表现了初夏时节的闺阁生活，淡雅清新而又富于生活情趣。词中以描写手法为主，注意景物描写、环境描写和人物描写的交叉运用，从而获得了极好的艺术效果。

上阕首二句抓住蝉声乍歇，"薰风"初起这一刹那的感觉，写环境之美。词人采用对比手法，明写"咽新蝉，"暗与蝉声乱鸣时相比，使人明显地感觉到沉静。此处以棋声烘托环境的幽静。作者将四周的无声无息渲染得淋漓尽致，使人由环境的静寂体味到主人公的悠闲自得之情。

下阕写这个少女午梦醒来以后，尽情地领略和享受初夏时节的自然风光。"微雨过，小荷翻。榴花开欲燃"，又是另一番园池夏景。小荷初长成，小而娇嫩，一阵细雨过去，轻风把荷叶翻转；石榴花色本鲜红，经雨一洗，更是红得像火焰。这生机，这秀色，大概使这位少女陶醉了，于是出现了又一个生动的场面："玉盆纤手弄清泉，琼珠碎却圆。"这位女主人公索性端着漂亮的瓷盆到清池边玩水。水花散溅到荷叶上，像珍珠那样圆润晶亮。可以想见，此时此刻这位少女的心情也恰如这飞珠溅玉的水花一样，喜悦，兴奋，不能自持。

此词景中含情，将众多的景物以情纬之，故散而不乱，给人以整体感。作者善于抓住细微的心理感受并在无形中将客观环境的细微变化加以对比，通过景物描写、环境描写，构成一幅活泼自然的庭园野趣，并在其中寄寓女主人公的单纯、天真和对自然、对生活的热爱。

词中的少女形象，与一般闺情词中疏慵倦怠、孤闷愁苦的女性形象截然不同，充满了美好清新的勃勃生机和青春气息，给人以耳目一新的感觉。作品中活泼健康的少女形象，与初夏时节富有生气的景物、环境，构成了一种和谐、清丽、灵动的情调，令人流连忘返。

蝶恋花

花褪残红青杏小，
燕子飞时，
绿水人家绕。
枝上柳绵吹又少，
天涯何处无芳草！

墙里秋千墙外道，
墙外行人，
墙里佳人笑。
笑渐不闻声渐悄，
多情却被无情恼。

【赏析】

以豪放派著称的苏轼，也常有清新婉丽之作，这首《蝶恋花》就是这么一首杰作。"花褪残红青杏小"，既写了衰亡，也写了新生，残红褪尽，青杏初生，这本是自然界的新陈代谢，但让人感到几分悲凉。睹暮春景色，而抒伤春之情，是古诗词中常有之意，但东坡却从中超脱了。"燕子飞时，绿水人家绕"，作者把视线离开枝头，移向广阔的空间，心情也随之轩敞。燕子飞舞，绿水环抱着村上人家。春意盎然，一扫起句的悲凉。用别人常用的意象和流利的音律把伤春与旷达两种对立的心境化而为一，恐怕只有东坡可以从容为之。"燕子飞时"化用晏殊的"燕子来时新社，梨花落后清明"，点明时间是立春后的第五个戊日，与前后所写景色相符合。"枝上柳绵吹又少"，与起句"花褪残红青杏小"，本应同属一组，写枝上柳絮已被吹得越来越少。但作者没有接连描写，用"燕子"二句穿插，在伤感的调子中注入疏朗的气氛。絮飞花落，最易撩人愁绪。这一

"又"字，表明词人看絮飞花落，非止一次。伤春之感，惜春之情，见于言外。这是道地的婉约风格。相传苏轼谪居惠州时曾命姜妾朝云歌此词。朝云歌喉将啭，却已泪满衣襟。

"墙里秋千墙外道"，自然是指上面所说的那个"绿水人家"。由于绿水之内，环以高墙，所以墙外行人只能听到墙内荡秋千人的笑声，却见不到芳踪，所以说，"墙外行人，墙里佳人笑"。不难想象，此刻发出笑声的佳人正在欢快地荡着秋千。这里用的是隐显手法。作者只写佳人的笑声，而把佳人的容貌与动作，则全部隐藏起来，让读者随行人一起去想象，想象一个墙里少女荡秋千的欢乐场面。可以说，一堵围墙，挡住了视线，却挡不住青春的美，也挡不住人们对青春美的向往。这种写法，可谓绝顶高明，用"隐"来激发想像，从而拓展了"显"的意境。同样是写女性，苏东坡一洗"花间派"的"绮怨"之风，情景生动而不流于艳，感情直率而不落于轻，难能可贵。

从"墙里秋千墙外道"直至结尾，词意流走，一气呵成。修辞上用的是"顶真格"，即过片第二句的句首"墙外"，紧接第一句句末的"墙外道"，第四句句首的"笑"，紧接前一句句末的"笑"，滚滚向前，不可遏止。按词律，《蝶恋花》本为双叠，上下阕各四仄韵，字数相同，节奏相等。东坡此词，前后感情色彩不同节奏有异，实是作者文思畅达，信笔直书，突破了词律。

这首词上下句之间、上下阕之间，往往体现出种种错综复杂的矛盾。例如上阕结尾二句，"枝上柳绵吹又少"，感情低沉；"天涯何处无芳草"，强自振奋。这情与情的矛盾是因在现实中，词人屡遭迁谪，这里反映出思想与现实的矛盾。上阕侧重哀情，下阕侧重欢乐，这也是情与情的矛盾。而"多情却被无情恼"，不仅写出了情与情的矛盾，也写出了情与理的矛盾。佳人洒下一片笑声，杳然而去；行人凝望秋千，空自多情。词人虽然写的是情，但其中也渗透着人生哲理。

在江南暮春的景色中，作者借墙里、墙外、佳人、行人一个无情，一个多情的故事，寄寓了他的忧愤之情，也蕴含了他充满矛盾的人生悖论的思索。

蝶恋花

簌簌无风花自堕。
寂寞园林,
柳老樱桃过。
落日有情还照坐,
山青一点横云破。

路尽河回人转舵。
系缆渔村,
月暗孤灯火。
凭仗飞魂招楚些,
我思君处君思我。

【赏析】

这首词题记为"暮春别李公择",李公择是东坡老友,两人都因反对新法遭贬,交情更笃。这是一首送别词。

"簌簌无风花自堕",写暮春花谢,点送公择的时节。暮春落花是古诗词常写之景,但东坡却又翻出新意:花落声簌簌却不是被风所吹,而是悠悠然自己坠落在地,好一份安闲自在的情态。接着写"寂寞园林,柳老樱桃过",点出园林寂寞,人亦寂寞。白居易戏答刘禹锡和其《别柳枝》绝句诗,有"柳老春深日又斜"一句,这里借用"柳老"写柳絮快要落尽的时节,所谓"柳老"就是"春老"。"樱桃过"是写樱桃花期已过。正巧今送李公择亦逢此时。东坡这期间另有《送笋芍药与公择》诗说道:"今日忽不乐,折尽园中花。园中亦何有,芍药袅残葩。"芍药,樱桃,同时皆尽,而这个时候老朋友又将远行了。花木荣枯与朋侪聚散,都是很自然的事,但一时俱至,却还是让人难以接受。"落日有情还照坐,山青一点横云破",两人在"寂寞园林"之中话别,

"相对无言"时,却见落日照坐之有情,青山横云之变态。此时彼此都是满怀心事,可是又不忍打破这份静默。上阕主要写暮春,微露惜别之情,"照坐"之"坐",点出话别之题旨。"路尽河回人转舵":"送者在岸上已走到"路尽";行者在舟中却见舵已转。"河回"二字居中,相关前后。船一转舵,不复望见;"路尽"岸上人亦送到河曲处为止。岸上之路至此尽头了,是送行送到这里就算送到尽头了。"系缆渔村,月暗孤灯火",这一句是作者想象朋友今夜泊于冷落的渔村中通宵不寐,独对孤灯,惟有暗月相伴。这两句,便见作者对行人神驰心系之情。"凭仗飞魂招楚些,我思君处君思我",上句用《楚辞·招魂》中天帝遣巫阳招屈原离散之魂的典故,表达希望朝廷召他回去的愿望。东坡与公择因反对新法离开京城出守外郡,情怀郁闷,已历数年,每思还朝,有所作为,但局面转变,未见朕兆,他们四方流荡,似无了期,所以有"飞魂"之叹。"飞魂"与"楚些"是倒装,求其语反而意奇。"我思君处君思我",采用回文,有恳切浓致的情思,也是对前面"系缆渔村,月暗孤灯火"的深情想象的一个照应。下阕写送别,兼及对再受重用的渴望,写二人同情相怜,友情深厚。

蝶恋花

灯火钱塘三五夜，

明月如霜，

照见人如画。

帐底吹笙香吐麝，

更无一点尘随马。

寂寞山城人老也！

击鼓吹箫，

却入农桑社。

火冷灯稀霜露下，

昏昏雪意云垂野。

【赏析】

　　这首词题记为"密州上元"，词却从钱塘的上元夜写起。钱塘也就是杭州，苏轼曾在那里过了三个元宵节。元宵的特点，就是"灯火"。东坡用一句"灯火钱塘三五夜"，点出灯夕的盛况。"明月如霜"，写月光之白。李白曾有诗云，"床前明月光，疑是地上霜"。但元宵夜月正圆，星月交辉，引来满城男女游赏，元宵节是宋代一个很重要的节日。这一天街人游人如织，男子歌啸而行，好盛装而出。难怪东坡要写月光"照见人如画"了。这还是街市的游人。至于富贵人家庆赏元宵，又另有一种排场。作者一句"帐底吹笙香吐麝"写尽杭州城官宦人家过节的繁奢情景。"更无一点尘随马"，化用苏味道《正月十五夜》诗"暗尘随马去，明月逐人来"句，进一步从动态写游人。说"无一点尘"，更显江南气候之清润。上阕描写杭州元宵景致，词句虽不多，却也"有声有色"。"寂寞山城人老也"是一句过片，用"寂寞"二字，将前面"钱塘三五夜"那一片热闹景象全部移来，为密州上元作反衬，写出了密州上元的寂寞冷清。

作者"曾经沧海难为水",见过了杭州上元的热闹,再来看密州上元自觉凄清。更何况他这一次由杭州调至密州,环境和条件出现了很大的变化,心情完全不同。首先,密州不比杭州,贫穷,劳顿又粗陋,再无江南之诗情。而更让他感到"寂寞",感到郁郁不乐的是这里连年蝗旱,民不聊生。作为一个爱民之官,他又怎能快乐开怀呢。这位刚到任年仅四十的"使君"不禁有"人老也"之叹。他在这上元之夜,随意闲行,听到箫鼓之声,走去一看,原来是村民正在举行社祭,祈求丰年。这里农民祈年的场面和箫鼓之声,让作者久久不能离去。直到夜深"火冷灯稀霜露下",郊外彤云四垂,阴霾欲雪。"昏昏雪意云垂野"一句,表面上意象凄惨,却是写出了他心中的希望,有一种"雪兆丰年"的喜悦之情。

苏轼这首《蝶恋花》,确是"有境界"之作,写出了对"凡耳目之所接者"的真实感受,抒发了对国计民生的忧患之情。内容、笔墨不囿于成见,自抒胸臆,意之所到,笔亦随之,不求工而自工。此词运用了转折、反衬等章法技巧,体现出了他当时的境遇和心情。

永遇乐

彭城夜宿燕子楼，梦盼盼，因作此词。

明月如霜，

好风如水，

清景无限。

曲港跳鱼，

圆荷泻露，

寂寞无人见。

紞如三鼓，

铿然一叶，

黯黯梦云惊断。

夜茫茫、重寻无处，

觉来小园行遍。

天涯倦客，

山中归路，

望断故园心眼。

燕子楼空，

佳人何在，

空锁楼中燕。

古今如梦，

何曾梦觉，

但有旧欢新怨。

异时对、黄楼夜景，

为余浩叹。

东坡词

【赏析】

这首词写于元丰元年（1078）苏轼任徐州知州时。词中即景抒情，情理交融，状燕子楼小园清幽夜景，抒发燕子楼惊梦后萦绕于怀的惆怅之情，言词人由人去楼空而悟得的"古今如梦，何曾梦觉"之理。作者在题记中提及的盼盼，乃唐代张尚书之爱妾，能歌善舞，风情万种。张氏死后，盼盼念旧情不嫁，在张尚书为其所建的燕子楼独居了十多年。作者声称自己夜宿燕子楼，梦到盼盼，因作此词。

上阕写夜宿燕子楼的四周景物和梦。首句写月色明亮，皎洁如霜；秋风和畅，清凉如水，把人引入了一个无限清幽的境地。"清景无限"既是对暮秋夜景的描绘，也是词人的心灵得到清景抚慰后的情感抒发。接着景由大入小，由静变动：曲港跳鱼，圆荷泻露。词人以动衬静使本来就十分寂静的深夜，显得越发安谧了。鱼跳暗点人静，露泻可见夜深。"寂寞无人见"一句，含意颇深：园池中跳鱼泻露之景，夜夜可有，终是无人见的时候多；自己偶来，若是无心，虽在眼前，亦不得见。以下转从听觉写夜之幽深、梦之惊断：三更鼓响，秋夜深沉；一片叶落，铿然作声。梦被鼓声叶声惊醒，更觉黯然心伤。"紞如"和"铿然"写出了声之清晰，以声点静，更加重加浓了夜之清绝和幽绝。片末三句，写梦断后之茫然心情：词人梦醒后，尽管想重新寻梦，也无处重睹芳华了，把小园行遍，也毫无所见，只有一片茫茫夜色，夜茫茫，心也茫茫。词先写夜景，后述惊梦游园，故梦与夜景，相互辉映，似真似幻，惝恍迷离。

下阕直抒感慨，议论风生。首三句写在天涯漂泊感到厌倦的游子，想念山中的归路，心中眼中想望故园一直到望断，极言思乡之切。此句带有深沉的身世之感，道出了词人无限的怅惘和感喟。"燕子楼空，佳人何在，空锁楼中燕"的喟叹，由人亡楼空悟得万物本体的瞬息生灭，然后以空灵超宕出之，直抒感慨：人生之梦未醒，只因欢怨之情未断。"古今"三句，由古时的盼盼联系到现今的自己，由盼盼的旧欢新怨，联系到自己的旧欢新怨，发出了人生如梦的慨叹，表达了作者无法解脱而又要求解脱的对整个人生的厌倦和感伤。结尾二句，从燕子楼想到黄楼，从今日又思及未来。黄楼为苏轼所改建,是黄河决堤洪水退去后的纪念,也是苏轼守徐州政绩的象征。但词人设想后人见黄楼凭吊自己,亦同今日自己见燕子楼思盼盼一样,抒发出"后之视今亦犹今之视昔"的无穷感慨,把对历史的咏叹,对现实以至未来的思考,巧妙地结合在一起,终于挣脱了由政治波折而带来的巨大烦恼,精神获得了解放。

这首词深沉的人生感慨包含了古与今、倦客与佳人、梦幻与佳人的绵绵情事,传达了一种携带某种禅意玄思的人生空幻、淡漠感,隐藏着某种要求彻底解脱的出世意念。词中"燕子楼空"三句,千古传诵,深得后人赞赏。此三句之妙,正如郑文焯手批《东坡史府》云,"殆以示咏古之超宕,贵神情不贵迹象也。

永遇乐

孙巨源以八月十五日离海州，坐别于景疏楼上。既而与余会于润州，至楚州乃别。余以十一月十五日至海州，与太守会于景疏楼上，作此词以寄巨源。

长忆别时，

景疏楼上，

明月如水。

美酒清歌，

留连不住，

月随人千里。

别来三度，

孤光又满，

冷落共谁同醉？

卷珠帘、凄然顾影，

共伊到明无寐。

今朝有客，

来从淮上，

能道使君深意。

凭仗清淮，

分明到海，

中有相思泪。

而今何在？

西垣清禁，

夜永露华侵被。

此时看、回廊晓月，

也应暗记。

【赏析】

这是一首怀人词，是为寄托对好友孙巨源的怀念而作。当时，东坡已至海州，想起与巨源润州相遇，楚州分手的往事，不由心有所动，遂作此词。

上阕由设想巨源当初离别海州时写起，以月为抒情线索。首三句写景疏楼上饯别时"明月如水"；"美酒"三句写巨源起行后明月有情，"随人千里"；下六句写别来三度月圆，而旅途孤单，无人同醉，惟有明月相共，照影无眠。几种不同情景，层层递进。但这都是出自词人的想像，都是从对方在月下的心理感受上落笔，写得极有层次，形象逼真，情景宛然。词人这样着力刻画，表面上是映托巨源，实际上是写词人自己怀人之思。过片三句点破引发词人遥思之因，有客从淮上来，捎带了巨源"深意"，遂使词人更加痴情怀念。"凭仗"三句，又发奇想。淮河发源于河南，东经安徽、江苏入洪泽湖，其下游流经淮阴、涟山入海。此时孙巨源在汴京，苏轼在海州，友人泪洒清淮，东流到海，见出其念我之情深；自己看出淮水中有友人相思之泪，又说明怀友之意切。举目所见，无不联想到友情，而且也知道友人也必念到自己。淮水之泪，将对方之深意，己方之情思，外化为具体形象，设想精奇，抒情深透。"而今"以下六句，又翻进一境，再写意想中景象，回应上阕几次点月，使全篇浑然圆妥，勾连一气，意脉层深。"夜永"句设想巨源在西垣（中书省）任起居舍人宫中值宿时情景，长夜无眠，孤清寂寞，"此时看、回廊晓月"，当起怀我之情，刻画更为感人，有形象，有情思。词人不说自己彻夜无眠，对月怀人，而说对方如此，仍是借人映己。最后"也应暗记"，四字可谓神来之笔，这里有人有我，深细婉曲，既写到了巨源的心理，又写出了自己的深意，是提醒，也是确信巨源会"暗记"往日的情景，二人绵长情思，具见言外。

　　此词以离别时的明月为线索抒写友情，艺术上别具一格。全词五次写到月：有离别时刻之月，有随友人而去之月，有时光流逝之月，有陪伴词人孤独之月，有友人所望之月。词之上阕以写月始，下阕以写月终，月光映衬友情，使作品词清意达，格高情真。

东坡词

菩萨蛮·夏闺怨

柳庭风静人眠昼,

昼眠人静风庭柳。

香汗薄衫凉,

凉衫薄汗香。

手红冰碗藕,

藕碗冰红手。

郎笑藕丝长,

长丝藕笑郎。

【赏析】

　　东坡的回文词,两句一组,下句为上句的倒读,这比起一般回文诗整首倒读的作法要容易些,因而对作者思想束缚也少些。东坡的七首回文词中,如"邮便问人羞,羞人问便邮""颦浅念谁人,人谁念浅颦""楼上不宜秋,秋宜不上楼""归不恨开迟,迟开恨不归"等,下句补充发展了上句,故为妙构。

　　这首回文词是作者"回时闺怨"中的"夏闺怨"。上阕写闺人昼寝的情景,下阕写醒后的怨思。用意虽不甚深,词语自清美可诵。"柳庭"二句,关键在一"静"字。上句云"风静",下句云"人静"。风静时庭柳低垂,闺人困倦而眠;当昼眠正熟,清风又吹拂起庭柳了。同是写"静",却从不同角度着笔。静中见动,动中有静,颇见巧思。三、四句,细写昼眠的人。风吹香汗,薄衫生凉;而在凉衫中又透出依微的汗香。变化在"薄衫"与"薄汗"二语,写衫之薄,点出"夏"意,写汗之薄,便有风韵,而以一"凉"字串起,夏闺昼眠的形象自可想见。过片二句，是睡醒后的活动。她那红润的手儿持着盛了冰块和莲藕的玉碗，而这盛了冰块和莲藕的玉碗又冰了她那红润的手儿。上句的"冰"是名词，下句的"冰"作动词用。古人常在冬天凿冰藏于地窖，留待夏天解暑之用。杜甫《陪诸贵公子丈八沟携妓纳凉》诗"公子调冰水，佳人雪藕丝"，写以冰水拌藕，犹本词"手红"二句意。"郎笑藕丝长，长丝藕笑郎"，收两句为全词之旨。"藕丝长"，象征着人的情意绵长，古乐府中，常以"藕"谐"偶"，以"丝"谐"思"，藕节同心，故亦象征情人的永好。《读曲歌》："思欢久，不爱独枝莲（怜），只惜同心藕（偶）。"自然，郎的笑是有调笑的意味的，故闺人报以"长丝藕笑郎"之语。笑郎，大概是笑他的太不领情或是不识情趣吧。郎的情意不如藕丝之长，末句始露出"闺怨"本意。

　　这首词在格律、内容感情、意境等方面都符合回文词的要求，同时又不失作者的大家气派，实为难得。

虞美人

波声拍枕长淮晓，

隙月窥人小。

无情汴水自东流，

只载一船离恨向西州。

竹溪花浦曾同醉，

酒味多于泪。

谁教风鉴在尘埃？

酝造一场烦恼送人来！

【赏析】

　　此词为元丰七年（1084）十一月作者至高邮与秦观相会后，于淮上饮别之词。词中反映了苏、秦两人的深挚情谊。

　　起二句，写在淮上饮别后的情景。秦观厚意拳拳，自高邮相送，溯运河而上，经宝应至山阳，止于淮上，途程二百余里。临流帐饮，惜别依依。词人归卧船中，只听到淮水波声，如拍枕畔，不知不觉又天亮了。这一"晓"字，已暗示一夜睡得不宁帖。"隙月"，指在船篷罅隙中所见之月。据王文诰《苏文忠公诗编注集成·总案》载，苏轼于冬至日抵山阳，十二月一日抵泗州。与秦观别时当在十一月底，所见之月是天亮前从东方升起不久的残月，故"窥人小"三字便形容真切。"无情汴水自东流，只载一船离恨向西州"，二语为集中名句。汴水一支自开封向东南流，经应天府（北宋之南京，今河南商丘）、宿州，于泗州入淮。苏轼此行，先由淮上抵泗州，然后溯汴水西行入应天府。流水无情，随着故人东去，而自己却载满一船离愁别恨，独向西行。

"无情流水多情客"（《泛金船》），类似的意思，在苏词中也有，而本词之佳，全在"载一船离恨"一语。以水喻愁，前人多有，苏轼是词，则把愁恨物质化了，可以载在船中，逆流而去。这个妙喻被后人竞相模拟。李清照《武陵春》词："只恐双溪舴艋舟，载不动、许多愁"，声名竟出苏词之上。"西州"，龙榆生《东坡乐府笺》引傅注以为扬州，其实词中只是泛指西边的州郡，即东坡此行的目的地。过片二句，追忆当年两人同游的情景。元丰二年，东坡自徐州徙知湖州，与秦观偕行，过无锡，游惠山，唱和甚乐。复会于松江，至吴兴，泊西观音院，遍游诸寺。词云"竹溪花浦曾同醉"，当指此时情事。"酒味"，指当日的欢聚；"泪"，谓别后的悲辛。元丰二年端午后，秦观别东坡，赴会稽。七月，东坡因乌台诗案下诏狱，秦观闻讯，急渡江至吴兴寻问消息。以后几年间，苏轼居黄州贬所，与秦观不复相见。"酒味多于泪"，当有感而发。末两句故作反语，足见真情。"风鉴"，指以风貌品评人物。吴处厚《青箱杂记》卷四："风鉴一事，乃昔贤甄识人物拔擢贤才之所急。"东坡对秦观的赏拔，可谓不遗余力。熙宁七年（1074），东坡得读秦观诗词，大为惊叹，遂结神交。三年后两人相见，过从甚欢。后屡次向王安石推荐秦观。可见文人高士之友谊实非常人可比。

虞美人·有美堂赠述古

湖山信是东南美，

一望弥千里。

使君能得几回来？

便使樽前醉倒更徘徊。

沙河塘里灯初上，

水调谁家唱？

夜阑风静欲归时，

惟有一江明月碧琉璃。

【赏析】

此词作于熙宁七年（1074）七月苏轼任杭州通判时。时杭州太守陈襄（字述古）调任，即将离杭，宴僚佐于杭州城中吴山上之有美堂。应陈襄之请，苏轼即席写下了本词。词中以白描取胜，紧扣有美堂居高临下的特点，把景物和情思交织起来，既描绘出杭州形胜的美好景色，又充分表现了陈襄留恋钱塘之意和僚佐们的友情。上阕写揽景兴怀，下阕写有美堂上所观夜景。

上阕前两句极写有美堂的形胜，也即湖山满眼、一望千里的壮观。此二句从远处着想，大处落墨，境界阔大，气派不凡。"使君能得几回来？便使樽前醉倒更徘徊"，这两句反映了词人此时此刻的心情：使君此去，何时方能重来？何时方能置酒高会？他的惜别深情是由于他们志同道合。据《宋史·陈襄传》，他因批评王安石和"论青苗法不便"，被贬出知陈州、杭州。然而他不以迁谪为意，"平居存心以讲求民间利病为急"。而苏轼亦因同样的原因离开朝廷到杭州,他自言"政虽无术,心则在民"。在他们共事的两年多过程中,能协调一致,组织治蝗,赈济饥民,浚治钱塘六井,奖掖文学后进。在他们力所能及的范围内,确实做了不少有益于人民的事。如今即将天隔南北,心情岂能平静?

过片描写华灯初上时杭州的繁华景象,由江上传来的流行曲调而想到杜牧的扬州诗,并把它与杭州景物联系起来。想当年,隋炀帝于开汴河时令制此曲,制者取材于河工之劳歌,因而声韵悲切。传至唐代,唐玄宗听后伤时悼往,凄然泣下。而杜牧在他的著名的《扬州》诗中写道:"谁家唱水调,明月满扬州。"直到宋代,此曲仍风行民间。这种悲歌,此时更增添离怀别思。离思是一种抽象的思绪,能感觉到,却看不见,摸不着,对它本身作具体描摹很困难。词人借助灯火和悲歌,既写出环境,又写出心境,极见功力之深。

结尾两句,词人借"碧琉璃"喻指江水的碧绿清澈,生动形象地形容了有美堂前水月交辉、碧光如镜的夜景。走笔至此,词人的感情同满江明月、万顷碧光凝成一片,仿佛暂时忘掉了适才的宴饮和世间的纷扰,而进入到人与自然融为一体的美妙境界。这里,明澈如镜、温婉静谧的江月,象征友人为人高洁耿介,也象征他们友情的纯洁深挚。

此词以美的意象,给人以极高的艺术享受。词中美好蕴藉的意象,是作者的感情与外界景物发生交流而形成的,是词人自我情感的象征。那千里湖山,那一江明月,是作者心灵深处缕缕情思的闪现。

行香子

携手江村,

梅雪飘裙。

情何限、处处消魂。

故人不见,

旧曲重闻。

向望湖楼,

孤山寺,涌金门。

寻常行处,

题诗千首,

绣罗衫、与拂红尘。

别来相忆,

知是何人。

有湖中月,

江边柳,陇头云。

【赏析】

　　此词是苏轼早期酬赠词中的佳作。词中多用忆旧和对照眼前孤独处境的穿插对比写法,触目兴怀,感想当初,抒写自己对杭州友人的相思之情。作者在词里从一个侧面反映了宋代士大夫的生活,不仅表现了对友情的珍视,而且流露出对西湖自然景物的热爱。情真意切,诗意盎然,含蓄蕴藉,是此词的主要特点。

　　上阕前四句追忆熙宁六年作者与友人陈襄江村寻春事,引起对友人的怀念。其时苏轼作有《正月二十一日病后述古邀往城外寻春》诗,陈襄的和诗有"暗惊梅萼万枝新"之句。词中的"梅雪飘裙"即指两人寻春时正值梅花似雪,飘沾衣裙。友情与诗情,使他们游赏时无比欢乐,销魂荡魄。"故人不见"一句,从追忆转到现实,表明江村寻春已成往事,同游的故人不在眼前,每当吟诵寻春旧曲之时,就更加怀念他了。作者笔端带着情感,形象地表达了与陈襄的深情厚谊。以下三句表明,词人更想念他们在杭州西湖诗酒游乐的风景胜地——望湖楼、孤山寺、涌金门。过片四句回味游赏时两人吟咏酬唱的情形:平常经过的地方,动辄题诗千首。这里用了个《青箱杂记》中的轶事:"世传魏野尝从莱公(寇准)游陕府僧舍,各有留题。后复同游,见莱公之诗已用碧纱笼护,而野诗独否,尘昏满壁。时有从行官妓颇慧黠,即以袂就拂之。野徐曰:'若得常将红袖拂,也应胜似碧纱笼。'莱公大笑。"作者借用这一典故,寥寥数语便把昔日自己与友人寻常行乐光景都活现出来。"别来相忆,知是何人"又转到眼前。此句以诘问句的形式出现,文思极为精巧。词的结尾,作者巧妙地绕了个弯子,将人对他的思念转化为自然物对他的思念。"湖中月,江边柳,陇头云"不是泛指,而是说的西湖、钱塘江和城西南诸名山的景物,本是他们在杭州时常游赏的,它们对他的相忆,意为召唤他回去了。同时,陈襄作为杭州一郡的长官,可以说就是湖山的主人,湖山的召唤就是主人的召唤,"何人"二字在这里得到了落实。一点意思表达得如此曲折有致,遣词造句又是这样的清新蕴藉,可谓意味深长。这首词,今昔对比、物是人非之感表现得极为恰切、自然,具有极强的艺术感染力。词的结尾妙用拟人法,将无情的自然景物赋予有情的生命,含蓄而有诗意地表达出词人对友人的绵绵情思。

东坡词

行香子

清夜无尘,

月色如银。

酒斟时、须满十分。

浮名浮利,

虚苦劳神。

叹隙中驹,

石中火,梦中身。

虽抱文章,

开口谁亲。

且陶陶、乐尽天真。

几时归去,

作个闲人。

对一张琴,

一壶酒,一溪云。

【赏析】

此词或为宋哲宗元祐时期(1086 – 1094)的作品。词中抒写了作者把酒对月之时的襟怀意绪,流露了人生苦短、知音难觅的感慨,表达了作者渴望摆脱世俗困扰的退隐、出世之意。

起笔写景,夜气清新,尘滓皆无,月光皎洁如银。把酒对月常是诗人的一种雅兴:美酒盈樽,独自一人,仰望夜空,遐想无穷。唐代诗人李白月下独酌时浮想翩翩,抒写了狂放的浪漫主义激情。苏轼正为政治纷争所困扰,心情苦闷,因而他这时没有"把酒问青天",也没有"起舞弄清影",而是严肃地思索人生的意义。月夜的空阔神秘,阒寂无人,正好冷静地来思索人生,以求解脱。此词在描述了抒情环境之后便进入玄学思辨了。作者在这首词里把"人生如梦"的主题思想表达得更明白、更集中。他想说明人们追求名利是徒然劳神费力的,万物在宇宙中都是短暂的,人的一生只不过如"隙中驹,石中火,梦中身"一样地须臾即逝。作者为说明人生的虚无,从古代典籍里找出了三个习用的比喻。《庄子·知北游》云:"人生天地之间,若白驹之过郤(隙),忽然而已。"古人将日影喻为白驹,意为人生短暂得像日影移过墙壁缝隙一样。《文选》潘岳《河阳县作》李善《注》引古乐府诗"凿石见火能几时"和白居易《对酒》的"石火光中寄此身",亦谓人生如燧石之火。《庄子·齐物论》言人"方其梦也,不知其梦也,梦之中又占其梦焉,觉而后知其梦也;且有大觉而后知此其大梦也,而愚者自以为觉"。唐人李群玉《自遣》之"浮生暂寄梦中身"即表述庄子之意。苏轼才华横溢,在这首词上阕结句里令人敬佩地集中使用三个表示人生虚无的词语,构成博喻,而且都有出处。

下阕开头,以感叹的语气补足关于人生虚无的认识。"虽抱文章,开口谁亲"是古代士人"宏材乏近用",不被知遇的感慨。苏轼在元祐时虽受朝廷恩遇,而实际上却无所作为,"团团如磨牛,步步踏陈迹",加以群小攻击,故有是感。他在心情苦闷之时,寻求着自我解脱的方法。善于从困扰、纷争、痛苦中自我解脱,豪放达观,这正是苏轼人生态度的特点。他解脱的办法是追求现实享乐,待有机会则乞身退隐。"且陶陶、乐尽天真"是其现实享乐的方式。"陶陶",欢乐的样子。《诗·王风·君子陶陶》:"君子陶陶,……其乐只且!"只有经常在"陶陶"之中才似乎恢复与获得了人的本性,忘掉了人生的种种烦恼。最好的解脱方法莫过于远离官场,归隐田园。但苏轼又不打算立即退隐,"几时归去"很难逆料。弹琴,饮酒,赏玩山水,吟风弄月,闲情逸致,这是我国文人理想的一种生活方式,东坡将此概括为:"一张琴,一壶酒,一溪云"就足够了。

这首《行香子》表现了苏轼思想消极的方面,但也深刻地反映了他在政

中国古典名著精华

治生活中的苦闷情绪,因其建功立业的宏伟抱负在封建社会是难以实现的。苏轼从青年时代进入仕途之日起就有退隐的愿望。其实他并不厌弃人生,他的退隐是有条件的,须得像古代范蠡、张良、谢安等杰出人物那样,实现了政治抱负之后功成身退。因而"几时归去,作个闲人",这就要根据政治条件而定了。此词虽在一定程度上流露了作者的苦闷、消极情绪,但"且陶陶乐尽天真"的主题,基调却是开朗明快的。而词中语言的畅达、音韵的和谐,正好与这一基调一致,形式与内容完美地融合起来。

行香子·过七里濑

一叶舟轻，

双桨鸿惊。

水天清、影湛波平。

鱼翻藻鉴，

鹭点烟汀。

过沙溪急，

霜溪冷，月溪明。

重重似画，

曲曲如屏。

算当年、虚老严陵。

君臣一梦，

今古空名。

但远山长，

云山乱，晓山青。

【赏析】

此词是苏轼在宋神宗熙宁六年二月（时任杭州通判）的一个清晨乘轻舟经过浙江境内著名风景区——富春江上的七里濑以后写下的。词中在对大自然美景的赞叹中，寄寓了因缘自适、看透名利、归真返璞的人生态度，发出了人生如梦的浩叹。

上阕头六句描写清澈宁静的江水之美：一叶小舟，荡着双桨，像惊飞的鸿雁一样，飞快地掠过水面。天空碧蓝，水色清明，山色天光，尽入江水，波平如镜。水中游鱼,清晰可数,不时跃出明镜般的水面;水边沙洲,白鹭点点,悠闲自得。词人用简练的笔墨,动静结合、点、面兼顾地描绘出生机盎然的江面风光,体现出作者热爱自然、热爱生活的情趣。接下来三句从不同角度写溪:舟过水浅处,水流湍急,舟行如飞;霜浸溪水,溪水更显清洌,似乎触手可摸;明月朗照,影落溪底,江水明澈。以上三句,创造出清寒凄美的意境,由此引出一股人生的况味,为下阕抒写人生感慨作了铺垫。

词的下半阕开头两句转换写山:"重重似画,曲曲如屏":两岸连山,往纵深看则重重叠叠,如画景;从横列看则曲曲折折,如屏风。词写水则特详,写山则至简,章法变化,体现了在江上舟中观察景物近则精细远则粗略的特点。"算当年,虚老严陵",这是用典:富春江是东汉严光隐居的地方。严光是东汉光武帝刘秀的同学。刘秀当皇帝后,严光隐姓埋名,避而不见。刘秀打听到他后,三次征召,才把他请到京城,授谏议大夫。严光坚辞不受,仍回到富春江钓鱼。对于严光的隐居,不少人称赞,但亦有人认为是沽名钓誉。东坡在此,也笑严光当年白白在此终老,不曾真正领略到山水佳处。"君臣一梦,今古空名",表达出浮生若梦的感慨:皇帝和隐士,而今也已如梦一般消失,只留下空名而已。惟有青山依旧,朝夕百态,在人心目。下半阕以山起,以山结,中间插入议论感慨,而以"虚老"粘上文,"但"字转下意,衔接自然。结尾用一"但"字领"远山长,云山乱,晓山青"三个跳跃的短句,又与上半阕"沙溪急,霜溪冷,月溪明"遥相呼应。前面写水,后面写山,异曲同工,以景结情。人生的感慨,历史的沉思,都融化在一片流动闪烁、如诗如画的水光山色之中,隽永含蓄,韵味无穷。

从这首词可以看出,苏轼因与朝廷掌权者意见不合而贬谪杭州任通判期间,尽管仕途不顺,却仍然生活得轻松闲适。他好佛老而不溺于佛老,看透生活而不厌倦生活,善于将沉重的荣辱得失化为过眼云烟,在大自然的美景中找回内心的宁静与慰安。词中那生意盎然、活泼清灵的景色中,融注着词人深沉的人生感慨和哲理思考。

更漏子·送孙巨源

水涵空,山照市,
西汉二疏乡里。
新白发,旧黄金,
故人恩义深。

海东头,山尽处,
自古客槎来去。
槎有信,赴秋期,
使君行不归。

【赏析】

此为送别词,为宋神宗熙宁七年(1074)十月作者在楚州别孙洙(字巨源)时所作。在仕途上,作者与孙洙均与王安石政见不合,又有着共同的政治遭遇。为了从政治斗争的漩涡中解脱出来,二人皆乞外任。而今,孙洙即将回朝任起居注知制诰,这自然会引起作者的思想波动。在词中,作者将仕途中的无穷忧患情思与自己的身世感慨融合在一起,表达了极为复杂的心绪。

上阕用西汉二疏(疏广、疏受)故事赞颂孙洙。二疏叔侄皆东海(海州)人。广为太子太傅,受为少傅,官居要职而同时请退归乡里,得到世人景仰。孙洙曾知海州,故云"二疏乡里"。对海州来说,孙洙和二疏一样都是值得纪念的。"水涵空,山照市,西汉二疏乡里",三句说海州碧水连天,青山映帘,江山神秀所钟,古往今来出现了不少可景仰的人物。前有二疏,后有孙洙,都为此水色山光增添异彩。"新白发,旧黄金,故人恩义深"。三句以二疏事说孙洙。二疏请归，宣帝赐黄金二十斤，太子赠五十斤，公卿大夫、故人邑子设祖道，供帐东都门外，举行盛大欢送会。"新"与"旧"二字，将二疏与孙洙联系在一起。点明词中说的却是眼前人。孙洙海州一任，白发新添，博得州人殷勤相送，这是老友在此邦留下的深情厚意所致。

下阕以乘槎故事叙说别情。《博物志》载：近世人居海上，每年八月，见海槎来，不违时，赍一年粮，乘之到天河。见妇人织，丈夫饮牛，问之不答。遣归，问严君平，某年某月某日，客星犯牛斗，即此人也。这是传说中的故事，作者借以说孙洙，谓其即将浮海通天河，晋京任职。"海东头，山尽处，自古客槎来去。""海"与"山"照应上阕之"水"与"山"，将乘槎浮海故事与海州及孙洙联系在一起。在作者的想象中，当时有人乘槎到天河，大概就是从这里出发的。但是，自古以来，客槎有来有往，每年秋八月一定准时来到海上，人（孙洙）则未有归期。"槎有信，赴秋期，使君行不归"一方面用浮海通天河说应召晋京，一方面以归期无定抒写不忍相别之情。其中"有信""不归"，就把着眼点集中在眼前人（孙洙）身上，突出送别。

此词妙用典故，先以两汉二疏故事赞颂孙洙，又以乘槎故事叙说别情，既表达了对友人的赞美之情，又抒发了作者自身的复杂心绪和深沉感慨，可谓形散而神不散，浑化天际，大开大合，结构缜密。

河满子

湖州作，寄益守冯当世

见说岷峨凄怆，
旋闻江汉澄清。
但觉秋来归梦好，
西南自有长城。
东府三人最少，
西山八国初平。

莫负花溪纵赏，
何妨药市微行。
试问当垆人在否，
空教是处闻名。
唱著子渊新曲，
应须分外含情。

【赏析】

此词作于熙宁九年（1076）年作者即将由湖州调任密州时，是作者临行前为寄南州（四川省西部少数民族居住地）太守冯当世而作。词中直接对当时的人事安排发表意见，直接言及国事，并抒发个人情思和历史感慨。

词的上阕主要写冯京守成都时的事功。起首"见说岷峨凄怆，旋闻江汉澄清"，谓动荡不安之岷、峨一带，已出现太平局面，如江汉澄清一般。

中国古典名著精华

"见说""旋闻",表明问题解决得很快,又宛然是远道听到家乡新闻的口气,透出一种亲切感。岷峨为四川的岷山和峨眉山,是东坡故乡的名山。"但觉秋来归梦好",承上"江汉澄清"而来,又映带"岷峨凄怆"之时。久客思乡,故有"归梦";乱止忧除,故觉"梦好"。东坡之"归梦好",是因为蜀中有能人镇守,即所谓"西南自有长城"。长城本义是古代北方为防备匈奴所筑的城墙,东西连绵长至万里,引申指国家所倚赖的能臣良将。南朝宋檀道济被文帝收捕,怒曰:"乃坏汝万里长城!"唐李勣守并州,突厥不敢南侵,唐太宗甚至夸他是"贤长城远矣"。词至此,以"长城"为喻,转入写冯京。"东府三人最少",提到他任参知政事的时候,在宰执中年纪最轻,意味着最有锐气。冯京于熙宁三年六月为枢密副使,旋改参知政事,踏进政府最高层以此开端,东坡也不忘他在参政任上推荐自己的一段因缘,所以提出这一点。"西山八国初平",借用韦皋事以指冯京之安抚茂州诸蕃部。写其事功亦以称美其人。韦皋于唐德宗贞元九年任剑南西川节度使,出兵西山破吐蕃军,招抚原附吐蕃的西山羌族八个部落,"处其众于维、霸、保等州,给以种粮、耕牛,咸乐生业"。韦、冯都是镇守西川,事实又相类,此句用典十分贴切,比之直写冯京茂州事,显得典雅有风致。

词的下阕转而叙述西蜀的风土人情。结合冯京的知府兼安抚使身份,拟写他在那里的公余游赏生活,和人民的关系,起到调剂词情的作用。"莫负花溪纵赏,何妨药市微行"。"花溪"即浣花溪,在成都城西郊。陆游《老学庵笔记》卷八载:"四月十九日,成都谓之浣花。遨头宴于杜子美草堂沧浪亭。倾城皆出,锦绣夹道。自开岁宴游,至是而止,故是盛于他时。予客蜀数年,屡赴此集,未尝不清。蜀人云:'虽戴白之老,未尝见浣花日雨也。'"这确是一个游赏的好去处。以"遨头"称州郡长官,意为嬉游队伍的首领。东坡有"遨头要及浣花前"的诗句。"药市"在成都城南玉局观。《老学庵笔记》卷六谓"成都药市以玉局化为最盛,用九月九日";其《汉宫春》词以"重阳药市"与"元夕灯山"为对,其盛况也可以想见。庄绰《鸡肋编》卷上记成都重九药市较详："于谯门外至玉局化五门，设肆以货百药，犀麝之类皆堆积。府尹、监司，武行（步行）以阅。又于五门之下设大尊，容数十斛，置杯勺，凡名道人者，皆恣饮。如是者五日。"这两处游乐，都是群众性的盛集，且都有州郡长官参与。词以"莫负""何妨"的敦劝口吻出之，期盼冯京与民同乐，委婉入情。接着"试问当垆人在否，空教是处闻名"，提起有名的"文君当垆"故事。《史记·司马相如列传》载成都人司马相如字长卿，在临邛"买一酒舍酤酒，而令文君当垆。相如身自著犊鼻裈，与保庸（奴婢）杂作，涤器于市中"。词中只写到文君，当兼有相如在内。这是一则文人才女的风流故事，历代被人津津乐道。如李商隐《杜工部蜀中离席》诗云："美酒成都堪送老，当垆仍是卓文君。"而他的另一首《寄蜀客》诗则云："君到临邛问酒垆，近来还有长卿无？"东坡的"试问当垆人在否"，立意与之相同，也是说这样的风浪人物不在了，只有佳话留传。这意味着人文鼎盛的成都，应该还有特殊的人才出现，这就期望着地方长官的教导和识拔了。结尾"唱着子渊新曲，应须分外含情"，便体现了这样的意思。这两句重点在"新曲"二字，借王褒作诗教歌称美王襄事，转到歌颂冯京的意思上面。这是指文治，与上阕的颂其武功相呼应。"应须分外含情"，表示了东坡拳拳的情意，这内中应该有政治上志同道合的一份。

此词为《东坡乐府》中唯一的一首言事词，全词既抒发作者个人的情思，又穿插历史感慨，意境颇高，读来有大气磅礴之感。在写作手法上，这首词述事、用典较多，写得较为平实，又多排偶句，但由于作者以诗为词，以诸多虚词斡旋其间，又多用于句首，两两呼应，读来颇觉流利，使全词气机不滞。

阳关曲·中秋月

暮云收尽溢清寒，

银汉无声转玉盘。

此生此夜不长好，

明月明年何处看？

【赏析】

这首小词，题为"中秋月"，自然是写"人月圆"的喜悦；调寄《阳关曲》，则又涉及别情。记述的是作者与其胞弟苏辙久别重逢，共赏中秋月的赏心乐事，同时也抒发了聚后不久又得分手的哀伤与感慨。首句言月到中秋分外明之意，但并不直接从月光下笔，而从"暮云"说起，用笔富于波折。明月先被云遮，一旦"暮云收尽"，转觉清光更多。句中并无"月光""如水"等字面，而"溢"字，"清寒"二字，都深得月光如水的神趣，全是积水空明的感觉。月明星稀，银河也显得非常淡远。"银汉无声"并不只是简单的写实，它似乎说银河本来应该有声的，但由于遥远，也就"无声"了，天宇空阔的感觉便由此传出。今宵明月显得格外圆，恰如一面"白玉盘"似的。语本李白《古郎月行》："小时不识月，呼作白玉盘。"此用"玉盘"的比喻写出月儿冰清玉洁的美感，而"转"字不但赋予它神奇的动感，而且暗示它的圆。两句并没有写赏月的人，但全是赏心悦目之意，而人自在其中。明月圆，更值兄弟团聚，难怪词人要赞叹"此生此夜"之"好"了。从这层意思说，"此生此夜不长好"大有佳会难得，当尽情游乐，不负今宵之意。不过，恰如明月是暂满还亏一样，人生也是会难别易得。兄弟分离在即，又不能不令词人慨叹"此生此夜"之短。从这层意思说，"此生此夜不长好"又直接引出末句的别情。说"明月明年何处看"，当然含有"未必明年此会同"的意思，是抒"离忧"。同时，"何处看"不仅就对方发问，也是对自己发问，实寓行踪萍寄之感。末二句意思衔接，对仗天成。"此生此夜"与"明月明年"作对,字面工整,假借巧妙。"明月"之"明"与"明年"之"明"义异而字同,借来与二"此"字对仗,实是妙手偶得。叠字唱答,再加上"不长好""何处看"一否定一疑问作唱答,便产生出悠悠不尽的情韵。

　　这首词从月色的美好写到"人月圆"的愉快,又从今年此夜推想明年中秋,归结到别情。形象集中,境界高远,语言清丽,意味深长。《阳关曲》原以王维《送元二使安西》诗为歌词,苏轼此词与王维诗平仄四声,大体结合,是词家依谱填词之作。

中国古典名著精华

醉落魄

轻云微月，

二更酒醒船初发。

孤城回望苍烟合。

记得歌时，

不记归时节。

巾偏扇坠藤床滑，

觉来幽梦无人说。

此生飘荡何时歇？

家在西南，

常作东南别。

【赏析】

　　这首词作于熙宁六年（1073）冬苏轼任杭州通判时。词中情景交融，描述了舟中酒醒后的心境，表达了对仕宦奔波的倦意和对家乡的思念，词之上阕写酒醒，下阕写梦回。上阕写月色微微，云彩轻轻，二更时分词人从沉醉中醒来，听着咿咿呀呀的摇橹声，船家告诉他，船刚开。从船舱中往回望，只见孤城笼罩在一片烟雾迷蒙之中。这一切仿佛在做梦一样。景和情的和谐，巧妙地烘托出了醉醒后的心理状态。下阕承上，描写醉后的形态。他头巾歪在一边，扇子坠落在舱板上，藤床分外滑腻，仿佛连身子也挂不住似的。"巾偏扇坠藤床滑"，短短七个字，就将醉态刻画得维妙维肖。词人终于记起来了，他刚才还真做了个梦。但天地之间，一叶小舟托着他的躯体在迷蒙的江面上飘荡，朋友亲人们都已天各一方，向何人诉说呢？词人不禁有些愤慨了,这样飘荡不定的生活几时才能结束呢? 最后两句,点明了词人心灵深处埋藏的思乡之情。但他究竟做了个什么样的梦,词中依然未明说。

　　这首词,语言平易质朴而又清新自然,笔调含蓄蕴藉而又飞扬灵动,感伤之情寓于叙事之中,将醉酒醒后思乡的心境表现得委婉动人,使人领略到作者高超的艺术表现技巧。

醉落魄·苏州阊门留别

苍颜华发，
故山归计何时决！
旧交新贵音书绝，
惟有佳人，
犹作殷勤别。

离亭欲去歌声咽，
潇潇细雨凉吹颊。
泪珠不用罗巾浥，
弹在罗衫，
图得见时说。

【赏析】

　　此词作于宋神宗熙宁七年（1074）九月。时苏轼离杭州赴密州（今山东诸城），途经苏州时，有歌妓在阊门为他设宴饯行，苏轼赋此词以为酬赠。这首赠妓词，摆脱了以往代他人抒情的框框，融注了作者个人的身世感慨。作者将歌妓视作自己沦落天涯时的知音，并通过"旧交新贵音书绝"与"惟有佳人，犹作殷勤别"的对比，显出歌妓不趋炎附势的品德。整首词有天然去雕饰之美，读之令人神往。

　　上阕先是直抒思乡之情，谓虽已"苍颜华发"，却是"故山归计"仍未决。以问句出之，见感慨更深。作者此时因反对王安石变法，导致了"旧交新贵音书绝"。而且眼前，"惟有佳人，犹作殷勤别。"只有这位歌妓情意恳切，撼肝沥胆，是可贵的知己。在这首阊门留别词中，可以看到作者不仅以平等的态度对待侍宴的歌妓,对她以及她们寄予深刻的同情,而且进一步把佳人当作可以推心置腹的知音,把自己的宦游漂泊与歌伎不幸的命运联系起来。同是天涯沦落人,同样有不幸的命运,在临别之际,作者自然会触动真情。

下阕写与佳人依依惜别的深情。由"殷勤别"到"离亭欲去",意脉相连,过片自然。不同的是上阕由己及人,下阕由人到己,充分体现出双方意绪契合,情感交流。歌伎擅唱,以歌赠别属情理之中。但与自己最看重的知音作别,就必然是未歌先凄咽,以至于泣不成声。然而此时无声胜有声,一个"咽"字说尽了佳人的海洋情深。十月初冬,寒风袭人,但双方只觉得离愁如漫天细雨,纷纷扬扬,无穷无尽,一时竟忘了冷风吹泪脸。

结句用武则天《如意娘》诗之诗意:"看朱成碧思纷纷,憔悴支离为忆君。不信比来长下泪,开箱验取石榴裙。"作者用意则更进一层,劝佳人不用罗巾揾泪,任它洒满罗衫,等待再次相会时,以此作为相知贵心的见证。这既是劝慰佳人,也是自我宽解,今日洒泪相别,但愿后会有期。纵观苏轼的一生,一直处于"欲仕不能,欲隐不忍"的矛盾中。自因反对新法而离京后,他郁郁不得志,思归故里之情更为迫切。此词即流露出上述思想。

如梦令

为向东坡传语，

人在玉堂深处。

别后有谁来？

雪压小桥无路。

归去，归去，

江上一犁春雨。

【赏析】

这首《如梦令》，毛氏汲古阁本题作《有寄》，傅幹本调下注云："寄黄州杨使君二首，公时在翰苑。"当是元祐元年（1086）九月以后，元四年三月以前，苏轼在京城官翰林学士期间所作。词中抒写怀念黄州之情，表现归耕东城之意，是作者当时特定生活和心理状态的真实反映及流露。

首二句"为向东坡传语，人在玉堂深处"，以明快的语言，交待他在"玉堂（翰林院）深处"，向黄州东坡表达思念之情，引起下文。这两句的语气，十分亲切。在苏轼心目中，黄州东坡，俨然是他的第二故乡，所以思念之意才如此殷切。次二句"别后有谁来？雪压小桥无路"，是"传语"的内容，是苏轼对别后黄州东坡的冷清荒凉景象的揣想。先设一问以避免平直。有此一问，便摇曳生姿，并能引出下文。"雪压小桥无路"，仍承上句带有同意，似乎是说：别后有没有人来？是雪压住了小桥，路不通吗？以景语曲折表达之，既富于形象性，委婉深曲。是与否之间，都表现了对别后黄州东坡的无限关心。

末三句"归去，归去，江上一犁春雨"，紧承上意，亦是"传语"的内容，表达归耕东坡的意愿。"归去，归去"，直抒胸臆，是愿望，是决定，是决心。"江上一犁春雨",是说春雨喜降,恰宜犁地春耕,补充要急于"归去"的理由,说明"归去"的打算。"一犁春雨"四字,使人自然地想起他所作《江城子》词"昨夜东坡春雨足,乌鹊喜,报新晴"的意境。"一犁春雨"四个字更是"皆曲尽形容之妙",妙就妙在捕捉住了雨后春耕的特殊景象,情感轻快。作为豪放派代表词人,苏轼颇多气势磅礴之作;但在他一生中也有很多淡雅清秀的词作,显示了东坡创作风格的多样性。这首《如梦令》便代表了苏轼创作清淡的一面,词中不设奇险之语,清新淡雅而自然。

浣溪沙

风压轻云贴水飞，
乍晴池馆燕争泥。
沈郎多病不胜衣。

沙上不闻鸿雁信，
竹间时听鹧鸪啼。
此情惟有落花知！

【赏析】

　　这是一首咏春词。上阕由景及情，先实后虚；下阕虚实结合，情中见景。全词情景交融，境界高妙。"风压轻云贴水飞，乍晴池馆燕争泥。"作者先用简笔勾勒出一幅生机勃勃的春天画图。他既没有用浓重的色彩，也没有用艳丽的词藻，而只是轻描淡写地勾勒出风、云、水、燕、泥等颇具初春气息的景物。

　　在一个多云转晴的春日里，作者徜徉于池馆内外，但见和风吹拂大地，薄云贴水迅飞，轻阴搁雨，天气初晴，那衔泥的新燕，正软语呢喃。面对着这春意盎然的良辰佳景，作者却接着说一句"沈郎多病不胜衣"，作者用沈约之典，说自己腰围带减，瘦损不堪，值兹阳和气清之际，更加弱不禁风了。这样乐景、哀情相衬，其哀伤之情更深。压、贴、飞三个动词使首句形成连动句式，振动起整个画面。次句则把时空交互在一起写，春天初晴，在池馆内外。这两句色彩明快。第三句点出作者自己，由于情感外射，整幅画面顿时从明快变为阴郁。如此一来，产生了跌宕的审美效果，更增加了词的动态美。"沙上不闻鸿雁信，竹间时听鹧鸪啼。"鸿雁传书，出于《汉书·苏武传》，诗、词里常用这个典故。如今连鸿雁不捎信来。鹧鸪啼声，更时时勾起词人对故旧的思念。"沙上""竹间",既分别为鸿雁和鹧鸪栖息之地,也极可能即作者举目所见之景。作者谪居黄州期间所写"拣尽寒枝不肯栖,寂寞沙洲冷"(《卜算子·黄州定慧院寓居作》)的情境,与此词类似。"此情惟有落花知!"句用移情手法,使无知的落花变成了深知作者心情的知己。这样融情入景,使得情景交融,格外耐人寻味。"惟有"二字,说明除落花之外,人们对作者的心情都不理解;而落花能够理解作者的心情,正是由于作者与落花的命运;但尤为不幸的是落花无言,即使它理解作者的心情,也无可劝慰。

浣溪沙

游蕲水清泉寺，寺临兰溪，溪水西流。

山下兰芽短浸溪，
松间沙路净无泥，
萧萧暮雨子规啼。

谁道人生无再少？
门前流水尚能西，
休将白发唱黄鸡。

【赏析】

这首词从山川景物着笔，意旨却是探索人生的哲理，表达作者热爱生活、旷达乐观的人生态度。整首词如同一首意气风发的生命交响乐，一篇老骥伏枥、志在千里的宣言书，流露出对青春活力的召唤，对未来的向往和追求，读之令人奋发自强。

上阕写暮春三月兰溪幽雅的风光和环境：山下小溪潺潺，岸边的兰草刚刚萌生娇嫩的幼芽。松林间的沙路，仿佛经过清泉冲刷，一尘不染，异常洁净。傍晚细雨潇潇，寺外传来了杜鹃的啼声。作者选取几种富有特征的景物，描绘出一幅明丽、清新的风景画，令人身临其境，心旷神怡，表现出词人爱悦自然、执着人生的情怀。

下阕迸发出使人感奋的议论。这种议论不是抽象的、概念化的，而是即景取喻，以富有情韵的语言，表达有关人生的哲理。"谁道"两句，以反诘唤起，以借喻回答。结尾两句以溪水西流的个别现象，即景生感，借端抒怀，自我勉励,表达出词人虽处困境而老当益壮、自强不息的精神。

这首词,上阕以淡疏的笔墨写景,景色自然明丽,雅淡凄美;下阕既以形象的语言抒情,又在即景抒慨中融入哲理,启人心智,令人振奋。词人以顺处逆的豪迈情怀,政治上失意后积极、乐观的人生态度,催人奋进,激动人心。

东坡词

浣溪沙

万顷风涛不记苏，

雪晴江上麦千车。

但令人饱我愁无。

翠袖倚风萦柳絮，

绛唇得酒烂樱珠。

樽前呵手镊霜须。

【赏析】

此词作于元丰五年（1082）冬。词的上阕描写雪景和作者由此而想象的来年丰收景象，以及因人民有希望获丰收、饱暖而喜悦的心情，下阕回叙前一日酒筵间的情景，抒发了词人对于民生疾苦的深刻忧思。整首词境界鲜明，形象突出，情思深婉，作者以乐景表忧思，以艳丽衬愁情，巧妙地运用相反相成的艺术手法，极大地增强了艺术的形象性，深刻地揭示了主人公的内心世界。

词的首句，若据博引旧注，则"万顷风涛不记苏"的"苏"，当指苏州，旧注中的"公"，当指苏轼。这一句说的是苏轼未把在苏州为风灾荡尽的田产记挂心上。但据现有资料，苏轼被贬黄州时无田产在苏州，只在熙宁七年（1074）曾于堂州宜兴置田产。从词前小序得知，苏轼此词乃徐君猷过访的第二天酒醒之后见大雪纷飞时所作。联系前一首写的"半夜银山上积苏"与"涛江烟渚一时无"的景象来看，又知徐君猷离去的当天夜晚，即由白天的"微雪"转为大雪。这样，"万顷风涛不记苏"，应为实写十二月二日夜酒醉后依稀听见风雪大作及苏醒时的情景，"苏"，适宜作苏醒解。依此可知，词上阕写词人在酒醉之后依稀听见风声大作，已记不清何时苏醒过来，待到天明，已是一片银妆世界。词人立刻从雪兆丰年的联想中，想象到麦千车的丰收景象，而为人民能够饱食感到庆幸。

下阕回叙前一天徐君猷过访时酒筵间的情景。歌伎的翠袖在柳絮般洁白、轻盈的雪花萦绕中摇曳，她那红润的嘴唇酒后更加鲜艳，就像熟透了的樱桃。而词人却在酒筵歌席间，呵着发冻的手，捋着已经变白了的胡须，思绪万端。值得一提的是，词人摄取"呵手捋霜须"这一富有典型特征的动作，极大地增强了艺术的形象性和含蓄性，深刻地揭示了抒情主人公在谪贬的特定环境中的忧思。这一忧思的形象，衬以白雪萦绕翠袖和鲜艳的绛唇对比强烈，含蕴更丰。

总体来看，上阕比较明快，下阕更显得深婉，而上阕的情思抒发，恰好为下阕的无声形象作提示。上下两片的重点是最末的无声形象。它们彼此呼应，互为表里，表现了词人一个昼夜的活动和心境。遣词、用字的准确形象，也是这首词的特点。如"不记"二字，看来无足轻重，但它却切词序"酒醒"而表现了醉中的朦胧。"但令"一词，确切地表达了由实景引起的联想中产生的美好愿望。"烂樱珠"，着一"烂"字，活画出酒后朱唇的红润欲滴。

东坡词

浣溪沙·咏橘

菊暗荷枯一夜霜。

新苞绿叶照林光。

竹篱茅舍出青黄。

香雾噀人惊半破，

清泉流齿怯初尝。

吴姬三日手犹香。

【赏析】

　　这首咏橘词，巧言物状，体物细微，属"纯用赋体，描写确尚"的咏物佳作，颇耐玩味。"菊暗荷枯一夜霜"，先布置环境，以使下文有余地抒发。"菊暗荷枯"四字，是东坡《赠刘景文》诗"荷尽已无擎雨盖，菊残犹有傲霜枝"的概括。"一夜霜"，经霜之后，橘始变黄而味愈美。晋王羲之帖："奉橘三百枚，霜未降，未易多得。"又白居易《拣贡橘书情》"琼浆气味得霜成。"皆可参证。"新苞"句，轻轻点出题目。新苞，指新橘。有橘皮包裹，故称。又，橘树常绿，凌寒不凋。《楚辞·橘颂》："绿叶素荣，纷其可嘉兮。"沈约《橘》诗："绿叶迎露滋，朱苞待霜润。"东坡用"新苞绿叶"四字，形象自然，再以"照林光"描绘之，可谓尽得橘之神。"竹篱茅舍出青黄"，好在一"出"字。竹篱茅舍，掩映于青黄相间的橘林之中，可见橘树生长之盛，人家环境之美，一年好景，正当此时。

　　过片二句，写尝橘的情状。劈开橘皮，芳香的油腺如雾般喷溅，初尝新橘，汁水在齿舌间如泉般流淌。"香雾""清泉"之喻，形象可感，堪称绝妙。而"惊""怯"二字，活画出女子尝橘时的娇态。惊，是惊于橘皮迸裂时香雾溅人,怯,是怯于橘汁的凉冷和酸叶。末句点出"吴姬",实际也点明新橘的产地。吴中产橘,尤以太湖中东西两洞庭山所产者为最著,洞庭橘在唐宋时为贡物。"三日手犹香",着意夸张,尽得吴橘之味矣。

浣溪沙

簌簌衣巾落枣花，
村南村北响缲车，
牛衣古柳卖黄瓜。

酒困路长惟欲睡，
日高人渴漫思茶，
敲门试问野人家。

【赏析】

　　此词为作者在徐州写的五首《浣溪沙》中的一首，描述他在乡间的见闻和感受。作品在艺术上颇具匠心，词中从农村习见的典型事物入手，意趣盎然地表现了淳厚的乡村风味。清新朴实，明白如话，生动真切，栩栩传神，是此词的显著特色。

　　上阕写景，也写人，并点出季节，生动地勾勒出初夏时节农村生活的画面：作者从枣树下走过，枣花簌簌地落了他一身，这时候，他耳边听到了村子里从南到北传来一片片缲丝车缲丝的声音，又看到古老的柳树底下有一个穿"牛衣"的农民正在叫卖黄瓜。作者抓住富有季节性特征的一些事物，有声有色地渲染出浓厚的农村生活气息。

　　下阕记事，转写作者村外旅行中的感受和活动。接下来一句写作者骄阳下口干舌燥的感受。结尾一句，写作者以谦和的态度向村野百姓求茶，一则显示出词人热爱乡村、平易朴实的情怀，二则暗示了乡间民风的淳厚。

　　这首词既画出了初夏乡间生活的逼真画面，又记下了作者路途的经历和感受，为北宋词的社会内容开辟了新天地。

东坡词

浣溪沙

　　徐州石潭谢雨，道上作五首。潭在城东二十里，常与泗水增减清浊相应。

照日深红暖见鱼，
连村绿暗晚藏乌，
黄童白叟聚睢盱。
麋鹿逢人虽未惯，
猿猱闻鼓不须呼，
归来说与采桑姑。

旋抹红妆看使君，
三三五五棘篱门，
相挨踏破倩罗裙。
老幼扶携收麦社，
乌鸢翔舞赛神村，
道逢醉叟卧黄昏。

麻叶层层苘叶光，
谁家煮茧一村香？
隔篱娇语络丝娘。
垂白杖藜抬醉眼，
捋青捣䴬软饥肠，
问言豆叶几时黄？

【赏析】

　　元丰元年（1078）徐州发生严重春旱，作者作为徐州太守，曾往石潭求雨,得雨后,又往石潭谢雨,沿途经过农村。这组《浣溪沙》词即记途中观感,共五首,这里是前三首。第一首写傍晚之景和老幼聚欢太守的情形。首句写到潭鱼。西沉的太阳,格外红而大,也染红了潭水。由于刚下过雨,潭水增多,大约也涌进了不少河鱼,它们似乎贪恋着夕照的温暖,纷纷游到水面。鱼之宛然若现,也写出了潭水的清澈。与大旱时水浊无鱼应成一番对照。从石潭四望,村复一村,佳木茏葱,只听得栖鸦的啼噪,而不见其影。不易见的潭鱼见了,易见的昏鸦反不见了,写出了农村得雨后风光为之一新,也流露出作者喜悦的心情。三句转笔写人。儿童黄发,老人白首,故称"黄童白叟",这是聚欢谢雨的人群中的一部分。"睢盱"二字俱从"目",张目仰视貌,兼有喜悦之义。《易经·豫卦》"盱豫",《疏》:"盱谓睢盱。睢盱者,喜悦之貌。"这里还暗用韩愈《元和圣德诗》"黄童白叟,踊跃欢呀"句意。从童叟之乐见出众人之乐,也寄寓了作者"乐人之乐"的情怀。

接着,下阕写谢雨的盛会,打破了林潭的寂静。常到潭边饮水的"麋鹿"突然逢人,惊恐地逃避了。而喜庆的鼓声却招来了顽皮的"猿猱"。"虽未惯"与"不须呼"相映成趣,两种情态,个个逼真。颇有助于表现和平熙乐的气氛。山村的老人纯朴木讷,初见知州不免有几分"未惯",孩童则活泼好动,听到祭神仪式开始的鼓声,则争先恐后,若类皮猿之"不欢呼"。他们回家必得要兴奋地追说一天的见闻,说给那些未能目睹盛况的"采桑姑"们了。"归来说与采桑姑",这节外生枝一笔,妙趣横生。词写到日、村、潭、树等自然景物,鱼、鸟、猿、鹿等各类动物,黄童、白叟、采桑姑等各色人物及其活动,织成一幅有声有色的画图。上阕连用"深红""绿暗""黄""白"等色彩字,交错使用,画面生动悦目。下阕则赋而兼比。全词虽未谱写谢雨,但无往而非喜雨、谢雨的情事。这正表现出着手取舍经营的匠心。前五句是实写,末一句是虚写,虚实相生,词意玩味不尽。

第二首写谢雨途中见闻。上阕写自己进村之后出现的一个热闹场景。首句写村姑匆忙地梳妆打扮一番去见太守。"旋抹"刻画出少女第一次得见州官的急切、兴奋心情。接下来,写村姑们争看太守,连心爱的茜罗裙被拥挤的人群踏破也顾不得了。这样写既烘染出场面的热烈,又表现出围观少女精神的集中。上阕短短数语就刻画出一幅极风趣生动的农村风俗画。

下阕写到田野、祠堂，又是一番光景。村民们老幼相扶相携，来到打麦子的土地祠，他们为感谢上天降雨，备酒食以酬神，剩余的祭品引来馋嘴的乌鸢，在村头盘旋不下。这两个细节都表现出喜雨带来的欢欣。结句则是一个特写，黄昏时分，有个老头儿醉倒在道边。这与前两句形成忙与闲，众与寡，远景与特写的对比。但它同样富于典型性。酩酊大醉是欢饮的结果，它反映出一种普遍的喜悦心情。词中的"使君"虽只是个陪衬角色，但其与民同乐的心情也洋溢纸上。

第三首写夏日田园风光、乡村风貌，表现了农民大旱得雨、幸免饥饿的喜悦心情以及词人与民同乐的博大胸怀。上阕写农事活动。首句写地头的作物。簏即苘麻，是麻的一种。"麻叶层层"是写作物茂盛，"叶光"是说叶片滋润有光泽，二语互文见义，是雨后庄稼实况。从具体经济作物又见出时值初夏，正是春蚕已老，茧子丰收的时节。于是村中有煮茧事。煮茧的气味很大，只有怀着丰收喜悦的人嗅来才全然是一股清香。未到农舍，在村头先嗅茧香，"谁家煮茧"云云，传达出一种新鲜好奇的感觉，实际上煮茧络丝何止一家。"一村香"之语倍有情味。走进村来，隔着篱墙，就可以听到缫丝女郎娇媚悦耳的谈笑声了。"络丝娘"本俗语中的虫名，即络纬，又名纺织娘，其声如织布，颇动听。这里转用来指蚕妇，便觉诗意盎然，味甚隽永。此处虽然只写了煮茧缫丝这样一种农事活动，但从一个侧面，可以看出雨后农民的喜悦之情。

下阕写作者对农民生活的采访，须发将白的老翁拄着藜杖，老眼迷离似醉，捋下新麦（"捋青"）炒干后捣成粉末以果腹，故云"软饥肠"。这里的"软"，本字为"餪"，有"送食"之义，见《广韵》。两句可见村中生活仍有困难，流露出作者的关切之情。简单地一问，含蕴不尽。

这几首词带有鲜明的乡土色彩，充满浓郁的生活气息，风格自然清新，情调健康朴实。词人所描写的虽然只是农村仲夏风貌的两三个侧面，但笔触始终围绕着农事和农民生活等，尤其是麻蚕麦豆等直接关系到农民生活的农作物，从中可见词人选择和提取题材的不凡功力。

东坡词

中
国
古
典
名
著
精
华

浣溪沙·春情

道字娇讹语未成。

未应春阁梦多情。

朝来何事绿鬟倾。

彩索身轻长趁燕，

红窗睡重不闻莺。

困人天气近清明。

【赏析】

这首词体现了作者对婉约词的一个极好的开拓与创新。词中以含蓄蕴藉、轻松幽默的语言，描写一位富裕家庭怀春少女的天真活泼形象。整首词新颖工巧，清绮细致，雅丽自然，表现人物形象不仅能曲尽其形，且能曲尽其神，曲尽其理，显示出非凡的艺术功力。

上阕写少女朝慵初起的娇态。首句写少女梦呓中吐字不清，言不成句，意在表现少女怀春时特有的羞涩心理。接下来二句语含谐趣，故设疑云：如此娇小憨稚的姑娘是不会被那些儿女情事牵扯的吧，那为什么早晨迟迟不起云鬟半偏呢？以上几句将少女的春情写得若有若无，巧妙地表现了情窦初开的少女的心理特点。

词的下阕通过少女荡秋千和昼眠这两个生活侧面的描写，写她贪玩好睡的憨态。姑娘白天在秋千上飞来荡去，轻捷灵巧的身子有如春燕。可是，晚上躺下来以后，她就一觉睡到红日当窗，莺啼户外，仍是深眠不醒。少女白昼酣眠，是为排遣烦忧，作者却说是因为快要到清明了，正是困人的季节。这首词传神地描写了少女春天的慵困意态，写出了少女怀春时玫瑰色的梦境。在写作上，它撮笔生新，不落俗套，始终围绕少女春日贪睡这一侧面，用饶有情致的笔调加以渲染，使一位怀春少女的神思跃然纸上，呼之欲出。词以上下问答的形式写出，这种结构造成了一种意深笔曲的效果，而无一眼见底的单调浅薄之感。

中国古典名著精华

浣溪沙

软草平莎过雨新，
轻沙走马路无尘。
何时收拾耦耕身？

日暖桑麻光似泼，
风来蒿艾气如薰。
使君元是此中人。

【赏析】

  此词是作者徐州谢雨词的最后一首，写词人巡视归来时的感想。词中表现了词人热爱农村，关心民生，与老百姓休戚与共的作风。作为以乡村生活为题材的作品，这首词之风朴实，格调清新，完全突破了"词为艳科"的藩篱，为有宋一代词风的变化和乡村词的发展作出了贡献。

  上阕首二句"软草平莎过雨新，轻沙走马路无尘"，不仅写出"草"之"软""沙"之"轻"，而且写出作者在这种清新宜人的环境之中舒适轻松的感受。久旱逢雨，如沐甘霖，经雨之后的道上，"软草平莎"，油绿水灵，格外清新；路面上，一层薄纱，经雨之后，净而无尘，纵马驰骋，自是十分惬意。触此美景，作者无动于衷，遂脱口而出："何时收拾耦耕身？""耦耕"，指二人并耜而耕，典出《论语·微子》："长沮、桀溺耦而耕。"长沮、桀溺是春秋末年的两个隐者。二人因见世道衰微，遂隐居不仕。此处"收拾耦耕身"，不仅表现出苏轼对农村田园生活的热爱，同时也是他在政治上不得意的情况下，仕途坎坷、思想矛盾的一种反映。

  下阕"日暖桑麻光似泼，风来蒿艾气如薰"二句，承上接转，将意境宕开，从道上写道田野里的蓬勃景象。在春日的照耀之下,桑麻欣欣向荣,闪烁着诱人的绿光;一阵暖风,挟带着蒿艾的薰香扑鼻而来,沁人心肺。这两句对仗工整,且妙用点染之法。上写日照桑麻之景,先用画笔一"点";"光似泼"则用大笔涂抹,尽力渲染,将春日雨过天晴后田野中的蓬勃景象渲染得淋漓尽致;下句亦用点染之法,先点明"风来蒿艾"之景,再渲染其香气"如薰"。"光似泼"用实笔,"气如薰"用虚写。虚实相间,有色有香,并生妙趣。"使君元是此中人"给句,画龙点睛,为升华之笔。它既道出了作者"收拾耦耕身"的思想本源,又将作者对农村田园生活的热爱之情更进一步深化。作者身为"使君",却能不忘他"元是此中人",且乐于如此,确实难能可贵。这首词结构既不同于前四首,也与一般同类词的结构不同。前四首《浣溪沙》词全是写景叙事,并不直接抒情、议论,而是于字行之间蕴蓄着作者的喜悦之情。这首用写景和抒情互相错综层递的形式来写。上阕首二句写作者于道中所见之景,接着触景生情,自然逗出他希冀归耕田园的愿望;下阕首二句写作者所见田园之景,又自然触景生情,照应"何时收拾耦耕身"而想到自己"元是此中人"。这样写,不仅使全词情景交融,浑然一体,而且使词情逐层深化升华。特别"软草平沙过雨新""日暖桑麻光似泼"二句更是出神入化,有含蓄隽永之妙。

浣溪沙

元丰七年十二月二十四日,从泗州刘倩叔游南山。

细雨斜风作小寒,
淡烟疏柳媚晴滩。
入淮清洛渐漫漫。

雪沫乳花浮午盏,
蓼茸蒿笋试春盘。
人间有味是清欢。

【赏析】

　　这首纪游词,是神宗元丰七年(1084),苏轼赴汝州(今河南汝县)任团练使途中,路经泗州(今安徽泗县)时,与泗州刘倩叔同游南山时所作。词的上阕写早春景象,下阕写作者与同游者游山时以清茶野餐的风味。作品充满春天的气息,洋溢着生命的活力,反映了作者对现实生活的热爱和积极进取的精神。词的上阕写沿途景观。第一句写清晨,风斜雨细,瑟瑟寒侵,这在残冬腊月是很难耐的,可是东坡却只以"作晓寒"三字出之,表现了一种不太在乎的态度。第二句写向午的景物:雨脚渐收,烟云淡荡,河滩疏柳,尽沐晴晖。一个"媚"字,极富动感地传出作者喜悦的心声。作者从摇曳于淡云晴日中的疏柳,觉察到萌发中的春潮。于残冬岁暮之中把握住物象的新机,这正是东坡逸怀浩气的表现,是他精神境界上度越恒流之处。"入淮"句寄兴遥深,一结甚远。句中的"清洛",即"洛涧",发源于合肥,北流至怀远合于淮水,地距泗州(宋治在临淮)不近,非目力能及。词中提到清洛,是以虚摹的笔法,眼前的淮水联想到上游的清碧的洛涧,当它汇入浊淮以后,就变得浑浑沌沌一片浩茫了。

下阕转写作者游览时的清茶野餐及欢快心情。一起两句,作者抓住了两件有特征性的事物来描写:乳白色的香茶一盏和翡翠般的春蔬一盘。两相映托,便有浓郁的节物气氛和诱人的力量。"雪沫"乳花,状煎茶时上浮的白泡。以雪、乳形容茶色之白,既是比喻,又是夸张,形象鲜明。午盏,指午茶。此句可说是对宋人茶道的形象描绘。"蓼茸蒿笋",即蓼芽与蒿茎,这是立春的应时节物。旧俗立春时馈送亲友以鲜嫩春菜和水果、饼饵等,称"春盘"。此二句绘声绘色、活灵活现地写出了茶叶和鲜菜的鲜美色泽,使读者从中体味到词人品茗尝鲜时的喜悦和畅适。这种将生活形象铸成艺术形象的手法,显示出词人高雅的审美意趣和旷达的人生态度。"人间有味是清欢",这是一个具有哲理性的命题,用在词的结尾,却自然浑成,有照彻全篇之妙趣,为全篇增添了欢乐情调和诗味、理趣。这首词,色彩清丽而境界开阔的生动画面中,寄寓着作者清旷、娴雅的审美趣味和生活态度,给人以美的享受和无尽的遐思。

浣溪沙

门外东风雪洒裾。

山头回首望三吴。

不应弹铗为无鱼。

上党从来天下脊,

先生元是古之儒。

时平不用鲁连书。

【赏析】

《浣溪沙》词调,在苏轼以前的词家手中,大抵只用于写景抒怀,而此词却用来写临别赠言,致力于用意,有如文章之序体,从而开拓了小词的题材内容。

"门外东风雪洒裾",是写送别的时间与景象。尽管春已来临,但因春雪,而气候尚很寒冷。这时有"雪洒裾(衣襟)",而不言"泪沾衣",颇具豪爽气概。次句即有一较大跳跃,由眼前写到别后,想像梅庭老别去途中,于"山头回首望三吴",对故园依依不舍。这里作者不是强调三吴可恋,而是写一种人之常情。第三句再进一层,谓"不应弹铗为无鱼。"这句用战国齐人冯谖事,冯谖为孟尝君食客,曾嫌不受重视,弹铗(宝剑)作歌道:"长铗归来乎,食无鱼"。此句意谓梅庭老做了学官,不必唱归来了。同时又似乎是说,尽管上党地方艰苦,亦不必计较个人待遇,弹铗使气。

过片音调转高亢:"上党从来天下脊"。意谓勿嫌上党边远,其地势实险要。盖秦曾置上党郡,因其地势高,故有"与天为党"之说。"先生元是古之儒",此称许梅庭老有如古之大儒,以天下为己任,意谓勿以学官而自卑。笔力豪迈,高唱警霆,足以壮友人行色。末句补说,"时平不用鲁连书"。鲁连,即鲁仲连,战国齐人,曾游赵《史记》给他很高评价。因上党是赵地,当时宋辽早已议和,故云时代承平,梅庭老即有鲁连奇策,亦无所用之。此句既有劝勉梅庭者随遇而安之意,又有对其生未逢时不得重用之遭遇的同情。在这首词里,作者用自己乐观旷达的人生态度去影响朋友,出语洒脱却发自肺腑,真挚动人。

减字木兰花

　　钱塘西湖有诗僧清顺,所居藏春坞,门前有二古松,各有凌霄花络其上,顺常昼卧其下。余为郡,一日屏骑从过之,松风骚然,顺指落花求韵,余为赋此。

双龙对起,
白甲苍髯烟雨里。
疏影微香,
下有幽人昼梦长。

湖风清软,
双鹊飞来争噪晚。
翠颭红轻,
时下凌霄百尺英。

【赏析】

　　东坡爱和僧人交往,喜欢谈禅说法,这首词既是应和尚的请求而作,其中透露出禅机。词前有小序,来介绍这种创作背景。"双龙对起",起笔峭拔。两株古松冲天而起,铜枝铁干,屈伸偃仰,如白甲苍髯的两条巨龙,张牙舞爪,在烟雨中飞腾。词前两句写古松,写的是想象中的幻景。词人乍一见古松,即产生龙的联想,而龙是兴风作雨的神物,恍惚中似见双龙在风雨中翻腾。当时已是傍晚,浓荫遮掩的枝干,若隐若现,极易使人产生烟雨的错觉,故此语似奇幻实真切。"疏影"句写词人从幻景中清醒过来。眼见凌霄花的金红色花朵,掩映在一片墨绿苍翠之间,他仿闻到了一股淡淡的清香。

一个和尚,躺在浓荫下的竹床上,正在沉睡。意境悠然,引人神往。在如此幽静的环境中,一点声响都会特别明显。

作者接下来写:从湖上吹来的风,又清又软;一对喜鹊,飞来树上,叽叽喳喳。此处实乃以动衬静,喜鹊争噪并没有破坏清幽之境,因为人世的纷争更能显出佛门的超脱,鸟儿的鸣叫更能显示境界的幽静。最后一句写景细致入微,静妙传神。只见在微风的摩挲之下,青翠的松枝伸展摇动,金红色的凌霄花儿微微颤动。在浓绿的枝叶之中,忽然一点金红,轻飘飘、慢悠悠地离开枝蔓,缓缓而下,渐落渐近,寂然无声。过了好一会儿,又是一点金红,缓缓而下。好一个物我两忘的恬淡世界!读来只觉禅意涤胸。这首词的突出特点是对立意象的互生共振。首先是古松和凌霄花。前者是阳刚之美,后者是阴柔之美。而凌霄花是描写的重点,"双龙对起"的劲健气势被"疏影微香""湖风清软"所软化,作为一种陪衬,统一在阴柔之美中。其次是动与静的对立,"对起"的飞腾激烈的动势和"疏影微香""幽人昼梦"静态成对比。鹊的"噪"和凌霄花无言的"下"形成对比。就是在这种对立的和谐之中,词人创造出了一种超然物外,虚静清空的艺术境界。

减字木兰花

维熊佳梦，

释氏老君亲抱送。

壮气横秋，

未满三朝已食牛。

犀钱玉果，

利市平分沾四座。

多谢无功，

此事如何着得侬！

【赏析】

　　这首词是作者与老友应酬之作，有戏谑之意，但也能见出作者性格中开朗而诙谐的一面。

　　起首两句，化用杜甫《徐卿二子歌》中"徐卿二子生绝奇，感应吉梦相追随。孔子释氏亲抱送，并是天上麒麟儿"的诗句，但把杜诗"吉梦"字面的来历"维熊佳梦"四字，以"梦"字叶"送"字。这样原本烂熟的典故，却也锤炼得别有一番风味。三、四两句，以夸诞大言，善颂善祷。"气横秋"字面本于孔稚圭《北山移文》"霜气横秋"，结合杜甫《送韦十六评事充同谷郡防御判官》诗的"子虽躯干小，老气横九州"，而改用一"壮"字，切合小儿特点。第四句本出于《尸子》："虎豹之驹，虽未成文，已有食牛之气"。但这里主要仍然是翻用杜甫《徐卿二子歌》中"小儿五岁气食牛，满堂宾客皆回头"的句子。上阕四句，大多是从杜诗中借来，但一经作者熔铸，语言更觉矫健挺拔。

下阕第一、二两句"犀钱玉果,利市平分沾四座"描写的是古时"三朝洗儿"的热闹场面。三朝洗儿,古时习俗,富有人家,一般都要大会宾客,作汤饼之宴。席上散发喜钱喜果,叫作"利市"。喜钱用之于汤饼宴上者俗称"洗儿钱"。据说唐明皇曾赐给杨贵妃洗儿钱,又见于唐王建的《宫词》,可见这个习俗,由来已久了。三、四两句才转入调笑戏谑。题下作者自注引秘阁《古笑林》说:"晋元帝生子,宴百官,赐束帛,殷羡谢曰:'臣等无功受赏。'帝曰:'此事岂容卿有功乎!'同舍每以为笑。"作者把这个笑话,隐括成为"多谢无功,此事如何着得侬",把晋元帝、殷羡两人的对话变成自己的独白,把第二人称的"卿"字换成第一人称的"侬"(我)字,意思是多谢,多谢,我是无功受赏了,这件事情,怎么可以该着我有功呢? 语言幽默风趣,谑而不虐,结果此语一出"举座皆绝倒"。

这首词语言典雅得体,笔法娴熟老练,化用前人诗句而不着痕迹,充分显示作者的语言技巧。

减字木兰花

己卯儋耳春词

春牛春杖,

无限春风来海上。

便丐春工,

染得桃红似肉红。

春幡春胜,

一阵春风吹酒醒。

不似天涯,

卷起杨花似雪花。

【赏析】

　　这首词是作者被贬海南时所作,是一首咏春词。作者以欢快的笔触描写海南绚丽的春光,寄托了他随遇而安的达观思想。

　　此词上、下阕句式全同,而且每一片首句,都从立春的习俗发端。古时立春日,"立青幡,施土牛耕人于门外,以示兆民"。春牛即泥牛。春杖指耕夫持犁杖侍立;后亦有"打春"之俗,由人扮"勾芒神",鞭打土牛。春幡,即"青幡",指旗帜。春胜,一种剪纸,剪成图案或文字,又称剪胜、彩胜,也是表示迎春之意。而两片的第二句都是写"春风"。上阕曰:"无限春风来海上"。作者《儋耳》诗也说:"垂天雌霓云端下,快意雄风海上来"。风从海上来,不仅写出地处海岛的特点,而且境界壮阔,令人胸襟为之一舒。下阕曰:"一阵春风吹酒醒",点明迎春仪式的宴席上春酒醉人,兴致勃发,情趣浓郁。两处写"春风"都有力地强化全词欢快的基调。接着上、下阕对应着力写景。上阕写桃花,下阕写杨花,红白相衬,分外妖娆。写桃花句,大意是乞得春神之力,把桃花染得如同血肉之色一般。丐,乞求。这里把春神人格化,见出造物主挚乳人间万物的亲切之情。"不似天涯,卷起杨花似雪花"句,是全词点睛之笔。海南地暖,其时已见杨花;而在中原,燕到春分前后始至,与杨柳飞花约略同时。作者用海南所无的雪花来比拟海南早见的杨花,谓海南跟中原景色略同,于是发出"不似天涯"的感叹。

此词礼赞海南之春,在古代诗词题材中有开拓意义。同时词又表达作者旷达之怀,对我国旧时代知识分子影响深远。这是苏轼此词高出常人的地方。这首词大量使用同字。把同一个字重复地间隔使用,有的修辞学书上称为"类字"。本来,遣词造句一般要避免重复。《文心雕龙·练字第三十九》提出的四项练字要求,其中之一就是"权重出",以"同字相犯"为戒。但是,作者偏偏利用"同字",结果反取得异样的艺术效果,不但音调增加美听,而且主旨得到强调和渲染。这又是苏词高出他人之处。全词八句,共用七个"春"字(其中两个是"春风"),但不平均配置,有的一句两个,有的一句一个,有三句不用,显得错落有致;而不用"春"字之句,如"染得桃红似肉红","卷起杨花似雪花",却分别用了两个"红"字,两个"花"字。事实上,作者也许并非有意要作如此复杂的变化,他只是为海南春色所感发,一气贯注地写下这首词,因而自然真切,朴实感人,而无丝毫玩弄技巧之弊。这也是苏词不同流俗的地方。

东坡词

沁园春

孤馆灯青，

野店鸡号，

旅枕梦残。

渐月华收练，

晨霜耿耿，

云山摛锦，

朝露漙漙，世路无穷，

劳生有限，

似此区区长鲜欢。

微吟罢，

凭征鞍无语，

往事千端。

当时共客长安，

似二陆初来俱少年。

有笔头千字，

胸中万卷；

致君尧舜，

此事何难？

用舍由时，

行藏在我，

袖手何妨闲处看。

身长健，

　　　　　　但优游卒岁，

　　　　　　且斗尊前。

【赏析】

　　这首词是苏轼于熙宁七年（1074）七月在由杭州移守密州的早行途中寄给其弟苏辙的作品。词中由景入情，由今入昔，直抒胸臆，表达了作者人生遭遇的不幸和壮志难酬的苦闷。

　　上阕一开篇，作者便以"孤馆灯青，野店鸡号，旅枕梦残"以及"月华收练，晨霜耿耿；云山摛朝露泞泞"数句，绘声绘色地画出了一幅旅途早行图。早行中，眼前月光、山色、晨霜、朝露，别具一番景象，但行人为了早日与弟弟联床夜话，畅叙别情，他对于眼前一切，已无心观赏。此时，作者"凭征鞍无语"，进入沉思，感叹"世路无穷，劳生有限"。为此，便引出了一大通议论来。作者追忆：他们兄弟两，"当时共客长安，似二陆初来俱少年。"长安，代指宋都汴京。二陆，指西晋诗人陆机、陆云兄弟。吴亡后，二陆入洛阳，以文章为当时士大夫所推重，时年只二十余岁，词里用来比自己和弟弟苏辙。当年，他们兄弟俩俱有远大抱负，决心像伊尹那样，"使是君为尧舜之君"；像杜甫那样，"致君尧舜上，再使风俗淳"，以实现其"结人心、厚风俗、存纪纲"的政治理想。而且，他们兄弟俩"笔头千字，胸中万卷"，对于"致君尧舜"这一伟大功业，充满着信心和希望。抚今追昔，作者深感他们兄弟俩在现实社会中都碰了壁。为了相互宽慰，作者将《论语》"用之则行，舍之则藏，惟我与尔有是夫"，《孔子家语》"优哉游哉，可以卒岁"，以及牛僧孺"休论世上升沉事，且斗尊前见在身"诗句，化入词中，并加以改造、发挥，以自开解。结尾数句，作者表示自己在怀才不遇的境况下，要避开政治斗争的漩涡，以从容不迫的态度，姑且保全身体，饮酒作乐，悠闲度日。整首词，除了开头几句形象描述之外，其余大多是议论、成为一篇直抒胸臆的言志抒情之作。这首词的议论、抒怀部分，遣词命意无拘无束，经史子集信手拈来，汪洋恣肆，显示出作者豪放杰出的才华。词中多处用典："有笔头千字，胸中万卷,致君尧舜,此事何难"四句,化用杜甫《奉赠韦左丞丈二十二韵》中"读书破万卷,下笔如有神""致君尧舜上,再使风俗淳"的诗句。"身长健,但优游卒岁,且斗尊前"三句,"优游卒岁"语出《左传·襄公二十一年》中鲁国大夫叔向被囚后"优哉游哉,可以卒岁"的话;"且斗尊前",化用杜甫《漫兴》中"莫思身外无穷事,且尽生前有限杯"的诗句。作者将上述典故灵活运用,推陈出新,生动地传达出自己的志向与情怀。

这首词脉络清晰,层次井然,循环往复,波澜起伏,上阕的早行图与下阕的议论浑然一体,贯穿一气,构成一个统一、和谐的整体:头几句写景,以"孤""青""野""残"等字眼传神地渲染出早行途中孤寂、凄清的环境和心境。"世路无穷,劳生有限"一句,由自然景色转入现实人生。其后,词作由景物描写而转入追忆往事。"用舍由时,行藏在我",由往事回到现实。结拍数句表明作者已从壮志难酬的苦闷中摆脱出来,获得了内心的平静和慰安。全词集写景、抒情、议论为一体,融诗、文、经、史于一炉,体现了卓绝的才情。

沁园春

情若连环，

恨如流水，

甚时是休。

也不须惊怪，

沈郎易瘦；

也不须惊怪，

潘鬓先愁。

总是难禁，

许多魔难，

奈好事教人不自由。

空追想，

念前欢杳杳，

后会悠悠。

凝眸。悔上层楼。

谩惹起新愁压旧愁。

向彩笺写遍，

相思字了，

重重封卷，

密寄书邮。

料到伊行，

时时开看，

一看一回和泪收。

须知道，

似这般病染，

两处心头。

【赏析】

这首词婉转言情，以铺叙手法写相思。这是苏东坡学柳永作词的一个明证，当为作者早期作品。"情若连环，恨如流水"，起调是一组并列对句，以连环、流水为比，说此"情"、此"恨"不断无休。接着以一组扇面对句，说相思的具体情状。依律，这组扇面对句，当以一领格字提起，此处连用两个"也"字，用以铺排叙说，一曰瘦，有如婉约一般，腰围减损，再曰鬓发斑白，有如潘岳一般，因见二毛而发愁。"总是"二句，却以散句入词，接下句，均为直说，点明上文所说"瘦"与"愁"的原因，是"好事教人不自由"。"好事"，当指男女间欢会等情事。因为时时刻刻惦记着这许多情事，无法自主，所以才有这无穷无尽的"情"与"恨"。最后，词进一步点明，主人公所"追想"的"好事"就是"前欢"与"后会"，前欢已是杳无踪迹，不可追寻，而后会又遥遥无期，难以预料。"杳杳""悠悠"，与"连环""流水"相呼应，将所谓"情"与"恨"更加具体化。上阕说的全是主人公一方面的相思情况。

下阕变换了角度与方位，既写主人公一方，又写对方，并将双方合在一起写。"凝眸。悔上层楼。谩惹起新愁压旧愁。"是过片。一方面承接上阕所说相思情景，谓怕上层楼，即害怕追想往事，惹起"旧愁"；一方面启下，传说当前的相思情景，新愁与旧愁交织在一起。词作说当前的相思情景，先说主人公一方，说主人公如何写情书，写好情书如何密封，封好以后如何秘密投寄。"写遍""字了"，谓其如何倾诉衷情，将天下所有用来诉说"相思"的字眼都用光了。"重重"，谓其密封程度，"密"，既有秘密之意，又表明数量之多，一封接一封，相距甚密。同时，词作说相思，还兼顾对方，料想对方接到情书，当如何时时开看，"一看一回和泪收"。"料"字明谓假设。主人公从自身的相思，设想对方的相思，写了对方的相思，反过来，更加增添了自身的相思。"这般病染，两处心头"说，这种相思要不得，两处挂心，将更加难以开解，道出了双方的共同心病。至此词戛然而止，言已尽而味有余。

这首词善铺叙，常常在有条理、有层次的铺陈之后，突然插入一笔，由一方设想另一方，构成错落多致之意韵，婉转传情。

中国古典名著精华

蝶恋花

记得画屏初会遇。

好梦惊回，

望断高唐路。

燕子双飞来又去。

纱窗几度春光暮。

那日绣帘相见处。

低眼佯行，

笑整香云缕。

敛尽春山羞不语。

人前深意难轻诉。

【赏析】

这首词写一个男子对心上人的思念，哀婉悱恻，柔情似水，其风致不输于"花间"或"婉约"派词家之作。

"记得画屏初会遇"，写出这爱情的开端是美妙的，令人难忘的，与心爱的人在画屏之间的初次会遇，至今记得清清楚楚。紧接着说"好梦惊回，望断高唐路。"是谓情缘突然被割断，好梦既破，所有美好的向往都成泡影了。"高唐"，即高唐观，又称高唐台，在古云梦泽中，宋玉《高唐赋》和《神女赋》中写楚怀王和楚襄王都曾于此观中梦与巫山神女相遇。"燕子双飞来又去。纱窗几度春光暮"，进一步写出男主人公的一片痴情。虽然是"高唐梦断"，情丝却还紧紧相连，恰如梁间的双飞燕春来又秋去，美丽的春光几度从窗前悄悄走过，而对她的思念却并不因时间的流逝而减弱半分。

"那日绣帘相见处"，忆写相会的时间与地点。"低眼佯行，笑整香云缕"，活画出女方的娇羞之态，低眉垂眼，假意要走开，却微笑着用手整理自己的鬓发。一个"佯"字,见出她的忸怩之态,一个"笑"字,传出钟情于他的心底秘密。"敛尽春山羞不语,人前深意难轻诉",进一步写出女方的内心活动,她敛起眉头不说话,不是对他无情,实在出于害羞。可愈是如此,愈见出其纯真。全词活泼而有分寸,细腻而有余味。

此词结构错落有致。上阕写爱情的"好梦惊回",下阕写甜蜜的欢会,用的是倒叙。单就上阕说,从初会写到破裂,再写到无穷尽的思念,自然又是顺叙。如此交叉往复,使词曲折生情,摇曳生姿,同时,此词以相见之欢反衬相离之苦。下阕集中笔墨将勾魂摄魄的欢会详加描述,就正是为了反衬男主人公失恋的痛苦。

蝶恋花

蝶懒莺慵春过半。

花落狂风，

小院残红满。

午醉未醒红日晚，

黄昏帘幕无人卷。

云鬓鬌松眉黛浅。

总是愁媒，

欲诉谁消遣。

未信此情难系绊，

杨花犹有东风管。

【赏析】

这首词以种种柔美的意象，塑造出一个多愁善感的伤春少女形象；以春意阑珊的景象，烘托出少女伤春的复杂心绪。

上阕由写景过渡到写人。春光已消逝大半，蝴蝶懒得飞舞，黄莺也有些倦怠，风卷花落，残红满院。面对这"风雨送春归""无计留春住"的情景，心事重重的少女，不免触目伤情，倍添寂寥之感。自然，蝶、莺本来不见得慵懒，但从这位少女的眼光看来，不免有些无精打采了。发端写景，下了"懒""慵""狂""残"等字，就使周围景物蒙上了主人公的感情色彩，隐约地透露了主人公的心境。以下写人：红日偏西，午醉未醒，光线渐暗，帘幕低垂。此情此景，分明使人感到主人公情懒意慵，神倦魂销。无一语言及伤春，而伤春意绪却宛然在目。

下阕由写少女的外在形象，过渡到写内心世界，点出伤春的底蕴。首句以形写神,写因伤春而懒于梳洗。以下承上刻画愁思之重。"总是愁媒,欲诉谁消遣",是说触处皆能生愁,无人可为排解。"总"字统括一切,一切景物都成为愁的触媒,而又无人可以倾诉,则心绪之烦乱,襟怀之孤寂,可以想见。到此已把愁情推向高潮。煞拍宕开,谓此情将不会一无依托,杨花尚有东风来吹拂照管,难道自身连杨花也不如吗!杨花似花非花,在花中身价不高,且随风飘荡,有似薄命红颜,一无依托。这里即景取喻,自比杨花,悲凉之情以旷语出之,愈觉凄恻动人。词的结尾耐人寻味。它创造出新意境,写出了少女的消极伤感与天真大胆交织的矛盾心理,显得不同凡响,别具一格。

点绛唇

红杏飘香，
柳含烟翠拖轻缕。
水边朱户。
尽卷黄昏雨。

烛影摇风，
一枕伤春绪。
归不去。
凤楼何处。
芳草迷归路。

【赏析】

这是一种相思怀人之作，写得深情一片，感人至深，足见东坡豪放而外，别有一番情怀。

"红杏飘香，柳含烟翠拖轻缕"，起笔点染春色如画。万紫千红之春光，数红杏、柳烟最具有特征性，故词中素有"红杏枝头春意闹""江上柳如烟"之名句。此写红杏意犹未尽，更写其香，着一"飘"字，足见词人感受之馨逸。写翠柳，状之以含烟，继之以之姿。这里以春色暗示伊人之美好。下边二句，遂由景及人。"水边朱户"，点出伊人所居。朱户、临水，透出一种秀雅之致，以暗示伊人之美。"尽卷黄昏雨"，词笔至此终于写出伊人，同时又已轻轻宕开。伊人卷帘，其所见唯一片黄昏雨而已。"黄昏雨"，隐然喻说着一个愁字冠一尽字，犹言总是，实已道出伊人相思之久，无可奈何之情。"烛影摇风，一枕伤春绪。"烛影暗承上文黄昏而来，摇风，可见窗户洞开,亦暗合前之朱户卷帘。伤春绪即相思情,一枕,言总是愁卧,悉绪满怀,相思成疾矣。此句又与上阕尽卷黄昏雨相映照。上写伊人卷帘愁望黄昏之雨,此写自己相思成疾卧对风烛,遂以虚摹与写实,造成共时之奇境。"归不去",一语道尽此情无法圆满之恨事。"凤楼何处。芳草迷归路。"凤楼朱户归不去。惟有长存于心的瞩望而已。"何处"二字,问得凄然。瞩望终非现实,现实在两人之间,横着一段不可逾越之距离。词人以芳草萋萋的旧典象喻之。此路虽是归路,直指凤楼朱户,但实在无法越过。这一"迷"字,感情沉重而深刻,迷惘失落之感,天长地远之恨,跃然纸上。起句对杏香柳烟之一往情深,与结句芳草迷路之归去无计,相反相成,令人神往,意境凄迷。此词造诣之妙,还在于意境之空灵。红杏柳烟,属相思中之境界,而春色宛然如画。芳草归路,似喻人间阻绝,亦具凄美之感。此词意蕴之本体,实为词人之深情。

东坡词